그 누가 다녀간 것일까

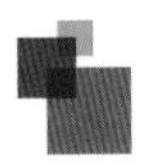

그 누가 다녀간 것일까

1판 1쇄 : 인쇄 2015년 09월 17일
1판 1쇄 : 발행 2015년 09월 22일

지은이 : 전금희
펴낸이 : 서동영
펴낸곳 : 서영출판사

출판등록 : 2010년 11월 26일 제25100-2010-000011호)
주소 : 서울특별시 마포구 서교동 465-4, 광림빌딩 2층 201호
전화 : 02-338-7270 팩스 : 02-338-7161
이메일 : sdy5608@hanmail.net

그 림 : 박덕은
디자인 : 이원경

ISBN 978-89-97180-52-3 04810
ISBN 978-89-97180-00-4(set)

그 누가 다녀간 것일까

2015 · 서영

전금희 시인의 제2시집 출간을 축하하며

전금희 시인의 제1시집 〈가을은 어디나 빈자리가 없다〉에 수록된 시들은 시의 특질을 두루 갖추고 있어 보는 이들, 읽는 이들, 같이 공부하는 이들을 기쁘게 했다. 다들 그녀의 시를 사랑하고 시 기법을 배우고 싶어했다.

그녀의 시 세계는 세계관이 특출나거나 요란하지 않으며, 일상에서 그다지 멀리 가지 않았다. 바로 자기 자신의 생활 주변에 머물면서 자신의 내면, 의식, 인생관, 생각, 사색 등의 영역을 주로 시적 형상화로 그려 놓고 있었다. 그러다 보니, 시적 형상화 속에 상징의 폭을 넓혀 놓았고, 그 주변을 이미지로 감싸야 했다.

이러한 시 세계가 제2시집에서는 어떤 변화를 껴안게 되었을까. 지금부터 그녀의 제2시집 속으로 들어가 보자.

한없는 그리움이
잇닿은 시작이

그때부터인 듯싶습니다

일렁임을 어쩌지 못한 채
꽃이 피어나고
파도가 노래하고
낙엽이 흩어지고
눈이 나리고……

사소한 일상까지 함께 뒹굴면서
서늘하고 뜨겁게
그리움 속으로 천천히 떠내려갔습니다

긴 기다림과의 포옹은
시를 쓰게 하고
잃었던 영혼이 조금씩 찾아들기 시작했습니다

달빛이 흘러들 듯
보고픔이 번져 오르기 시작함이
아마도 그때부터인 듯싶습니다.

-〈당신에게 · 1〉 전문

이 시에서 시적 화자는 그리움의 시작이 언제부터였는지 깨닫고, 그 순간을 소중히 여기고 있다.

가슴속은 일렁이고, 드디어 꽃이 피어나고 파도가 노래하기 시작한다. 흩어지는 낙엽도 보이고, 내리는 눈도 보인다. 바쁜 일상에 코를 박고 살아가던 현실에서 그리움의 창고 하나를 발견한 것이다.

시적 화자는 서늘하고 뜨겁게 그 속으로 천천히 떠내려간다. 거부하지 않고, 마치 오래 전부터 기다렸다는 듯이 거부감 없이 그 융융한 물결에 올라탄다. 그러다가 긴 기다림과의 포옹 시간을 갖는다. 이게 마음을 움직였고, 이후 시를 쓰게 된다. 그러자 잃었던 영혼이 조금씩 찾아들기 시작한다. 마치 달빛이 흘러들듯, 마음이 열리고 가슴이 열리고 시야가 열린다. 동시에 보고픔도 무한히 번져 오르기 시작한다.

이로써 시적 화자는 그리움과 보고픔과 기다림을 동시에 껴안게 되고, 날마다 시를 쓰며 감성 안에 울려 퍼지는 다채로운 느낌의 물결을 온몸으로 맛보기 시작한다. 이제 시적 화자는 일상인이 아닌 시인으로서의 감각과 시야와 비전을 간직하게 된다.

제1시집에서 그토록 소중히 여기던 상징이 여기서는 저 뒤로 밀려나 있고, 오로지 시적 화자는 미묘한 감성의 변화에 눈길을 집중하고 있다.

뉘엿뉘엿 넘는 슬픔들이
잔물결 위로 누운 채
붉게 출렁입니다

그리움이 끼어들어

더듬더듬 더듬어 팔짱을 끼고
강가를 떠돕니다

슬픈 눈이 깊어갈수록
돌아오지 못하리란 걸 빤히 알기에
그저 눈시울만 뜨뜻해 옵니다

가슴을 맴도는 외로움이
잠들지 못한 억새들과 일렬로 서서
하얀 울음소리를 냅니다

가을을 쓸쓸히 내버려 두고도
그 무게와 깊이를 잴 수 없는 건
눈물 속에 뭔가 아직 살아 있기 때문입니다.

- 〈고독〉 전문

이 시의 시적 화자도 그리움에 젖어 있다. 내면에 슬픔이 일렁인다. 그 슬픔은 석양처럼 뉘엿뉘엿 넘어가다 잔물결 위에 누운 채 붉게 술렁이고 있다. 좀처럼 시적 화자의 곁을 떠날 기미를 보이지 않는다.

이때 그리움이 끼어든다. 시적 화자는 할 수 없이 그리움을 더듬더듬 더듬어 팔짱을 끼고 강가를 배회한다. 이건 산책이 아니라 방황이다. 이건 사색이 아니라 고뇌다. 왜 그럴까. 왜 슬픈 눈이 자꾸만 깊어가는 걸까. 그건 다름 아닌 절망 때문이다.

그리움이 돌아올 수 없다는 걸 미리 알고 있다는 건 큰 슬픔이다. 그저 눈시울만 뜨뜻해져 가는 슬픔, 가슴을 맴도는 외로움, 산책하고 있는 시적 화자의 앞을 나선다. 그러다, 그 슬픔과 그 외로움은 잠들지 못하고 서 있는 억새들과 나란히 서더니 하얀 울음소리를 낸다.

구상(가슴을 맴도는, 억새들, 일렬, 하얀)과 추상(슬픈, 외로움, 잠들지 못한)의 조화, 시각 이미지(가슴을 맴도는, 억새들, 일렬로 서서, 하얀)와 청각 이미지(울음소리)의 조화 등이 돋보이는 표현 기법이 시적 화자의 슬픔과 외로움을 더욱 극대화시켜 놓고 있다.

시적 화자의 눈길은 가을의 본질로 향하고 있다. 가을을 쓸쓸히 내버려 두고도 그 무게와 깊이를 잴 수 없는 이유는 뭔가. 그건 눈물 속에 뭔가 아직 살아 있기 때문이다라고 결론 짓는다. 그러면서 시적 화자는 눈물의 의미를 가슴 깊이 간직한다.

그리움은 떠났고, 다가왔지만 하나될 수 없고, 다시 돌아올 확률은 없지만, 그 그리움 때문에 흘린 눈물은 소중하다는 것, 그 안에 사랑의 향기가 스며 있다는 것, 그래서 후회할 수 없는 추억이라는 것, 눈물 속에 아직 뭔가 살아 있는 것만으로도 삶의 환희는 촛불처럼 타오를 수 있다는 것 등을 억새들과 나란히 거닐면서 하얀 울음소리를 내면서, 조용히 받아들이고 있다.

시적 화자는 바보처럼 늘 그렇다. 그래서 독자는 더 슬프다. 그리고 더 외롭다.

차가운 바다를 물들이는
노을을 가질 수 있을까
지는 꽃을 막아서는
바람을 가질 수 있을까

식탁에 부딪히는 수저 소리와
영혼으로 읽는 모든 책과
넘기는 페이지마다 떠오르는 별빛과
슬픔을 질질 끌며 사라지는 소리뿐

다가서는 기척에 설레어
추억의 계단을 밟으며
고백하듯 기도하는
신비로운 소리뿐

노을에 두 손 얹어 사알짝 오므려 보아도
바람 향해 동그마니 가슴을 옹송그려 보아도
이제는 그 어디에도
스쳐 온 내 본래의 자리조차 없어

이곳에 있으면 그곳이 그립고
그곳에 있으면 이곳이 그리울 뿐.

-〈흔적〉 전문

이 시에서 시적 화자는 새로운 세계를 맛보고 있다. 이때까지 살아온 인생 속의 일상과는 다른 세계가 있다는 걸 비로소 깨달은 것일까. 차가운 바다를 물들이는 노을, 지는 꽃을 막아서는 바람, 이걸 가질 수 있을까라는 질문을 내던진다. 그렇다면 시적 화자는 지금 차가운 바다란 말인가. 지는 꽃이란 말인가. 그렇다면 노을은 누군가. 바람은 또 누군가. 시적 화자의 내면에 무슨 일렁임이 있는 것일까.

시적 화자는 자신의 주위를 새삼스레 돌아본다. 들려오는 건 식탁에 부딪히는 수저 소리와 슬픔을 질질 끌며 사라지는 소리뿐이다. 보이는 건 영혼으로 읽는 책들과 넘기는 페이지마다 떠오르는 별빛뿐이다.

시적 화자는 이때까지 아무 일 없이 보내온 일상에 대해 이의를 제기하는 것일까. 그게 잘 살아온 것일까. 아니면, 자기 과거의 삶이 엉터리였다는 것일까. 이때 시적 화자의 내면을 형상화하는 표현 기법이 기가 막히다.

영혼으로 읽는 책, 그 책을 넘기는 페이지마다 떠오르는 별빛이라는 표현은 시가 원하는 아름다운 길이다. 슬픔(추상)을 질질 끌며(구상, 근육감각 이미지) 사라지는 소리(청각 이미지)라는 표현도 아주 멋지다. 추상과 구상의 입체화, 지각적 이미지의 입체화가 시적 화자의 내면을 보다 절절하게 드러내는 데 한몫을 하고 있다. 시적 화자의 귀는 계속 열려 있다. 다가서는 기척을 기대하고 있다. 그 님이 오기라도 한 것일까. 정말 다가왔으면 좋겠다. 하지만, 들려오는 건 추억의 계단을 밟으며 고백하듯 기도하는 신비로운 소리뿐이다. 실망스럽지만, 그다지 나쁘지는 않다. 이미 그러리라 예상했기 때문이다.

시적 화자는 다가오는 기척이 현실이 되지 못할 거라는 걸 누구보다도 잘 알고 있다. 하지만 그 자체가 소중하기에 포기하고 싶지도 않다. 단 한 번 떠오르는 것만으로 행복하다. 그만큼 그 추억은 소중하다. 이제는 초연한 마음가짐으로 현실을 살고 있다.

노을에(시각 이미지) 두 손 얹어(촉각 이미지) 사알짝 오므려 보아도(근육감각 이미지) 바람 향해(청각 이미지) 동그마니(시각 이미지) 가슴을 옹송그려 보아도(근육감각 이미지, 촉각 이미지) 이제는 그 어디에도 스쳐 온 시적 화자의 본래 자리조차 없음을 잘 알고 있다. 지각적 이미지의 입체화가 시적 화자의 초연한 마음 상태를 잘 감싸주고 있다. 그리고 우아하고도 정숙하게 의식과 행동을 껴안아 주고 있다. 그렇지 않으면 천방지축 뛰쳐나갈 열정을 간신히 붙들어 놓고 있다.

이제 시적 화자는 초연함 속에서 진심의 소리만 여운처럼 고즈넉이 남기고 있다. 이곳에 있으면 그곳이 그립고, 그곳에 있으면 이곳이 그리울 뿐이라고. 어쩐지 시적 화자가 안쓰럽다. 꼭 안아 주고 싶다. 곱디고운 마음이 가슴을 아리게 한다. 우아함과 정숙함으로 매번 뜨거운 열정과 그리움마저 잠재우고 살아야 하는 시적 화자가 가련해 보이기도 하다. 왜 구태여 그래야만 할까. 그게 인생의 정도인가. 반문해 보고 싶은 독자들의 가슴을 아프게 한다.

내 마음속에
시집이 서너 권쯤 들어 있다며
속이 아닌 속을 뒤지다가

어설픈 시집 한 권 달랑 쓴 채
나는 지금
죽어 가고 있다

나는 작고 동그란 무덤 앞에
"마음속에 시집 몇 권을 함께 묻다"라는
궁서체의 비석을 당장 세울 것만 같은데

비석을 세우지 못하고
오늘을 보내는 사이
다시

비바람과
어둑한 달빛에 묻혀서

눅눅한 시를 또 쓰고 있다.

- 〈나는 지금〉 전문

이 시에서 시적 화자는 시집 한 권을 내는 시인이다. 마음속에 시집이 서너 권쯤 들어 있다고 여기면서 살아가고 있는 시인, 그녀는 시를 쓰기 위해 매번 속이 아닌 속을 뒤지곤 한다. 그런데 웬일인가. 어설픈 시집 한 권 내놓은 채 지금 죽어 가고 있다.

여기서 죽어 간다는 말은 도대체 무슨 뜻인가. 왜 죽어 간다는 것일까. 시다운 시를 제대로 못 써서일까. 아니면, 쓰고자 하는 시 세계를 늘 감추고 헛다리를 긁고 있다는 자책인가. 아니면, 저 깊숙이 숨겨 놓은 그리움에 대한 시를 열정적으로 토해내지 못해 스스로 괴로워하는 것일까. 자신의 작고 동그란 무덤 앞에 비석을 세우고, 그 안에 '마음속에 시집 몇 권을 함께 묻다'라는 궁서체의 비문을 넣고 싶다는 시적 화자, 그러면서도 비석을 세우지 못하고 오늘을 보내고 있는 시적 화자, 비바람과 어둑한 달빛에 묻혀서 눅눅한 시를 또 쓰고 있는 시적 화자, 역시 우아한 시인의 모습을 간직한 시적 화자, 참으로 아름답다.

시도 아름답지만, 시 속의 시적 화자는 몇 배나 더 아름답다. 이 시적 화자를 내려다보며 표현하고 이 시적 화자를 가슴속에서 기르고 있는 시인도 아름답다. 왜

이 시대에 아름다운 시심, 아름다운 시적 화자, 아름다운 시인이 필요한가를 깨닫게 되는 시간인 듯하다.

시가 필요한 세상, 왜 그럴까. 갈수록 거칠어 가는 세상, 갈수록 포악해져 가는 세상, 갈수록 험악해져 가는 세상, 이 세상에 아름다운 감성과 우아한 감성과 섬세한 감성이 필요하다. 그것도 절실히 필요하다. 인간이 인간답고, 사람이 사람다운 시대가 점점 멀어지고 있다. 그래서 세상이 슬프다. 그래서 세상이 암담하다.

전금희 시인의 시들 속에는 이 시대에 무엇이 필요한가, 무슨 감성이 필요한가를 절절절 호소하고 있다. 다채로운 감성, 아름다운 감성은 지니되, 그 감성들을 키우고 가꾸되, 그 감성들을 절제미의 미로 다루고 담아 고이 간직하는 것, 그게 무엇보다도 필요함을 강조하는 건 아닐까.

눈에 보이지 않는
시간 여행
만져질 리 없어서
기다릴 수 없어서

기다려도 오지 않아서
아주 올 것 같지 않아서

이러다 먼 훗날
나마저 없어질 것 같아서

너로 인해 남은 나를
만날 수 없을 것 같아서

얼굴 붉히는 들녘 걸으며
연기처럼 너를 날려 보낸다.

-〈어떤 귀가〉 전문

이 시에서 시적 화자는 눈에 보이지 않는 시간 여행을 떠나고자 한다. 그 이유는 이렇다. 만져질 리 없어서, 기다릴 수 없어서이다. 더이상 기다릴 수 없는 인내의 한계에 다다른 것일까. 만져질 리 없다는 것으로 봐서, 시적 화자는 생각만이 아닌, 상상만이 아닌 감각적으로 그리움을 만지고 싶나 보다.

상상을 현실로 당기고 싶은 것일까. 기다려도 오지 않으니, 아주 올 것 같지 않으니, 이런 결심을 하는지도 모른다.

이러다 상상만으로 허공을 헤집다가 늙어가는 것은 아닐까. 그런 위기감이 시적 화자를 자극한 것일까. 추억에만 잠겨서, 상상에만 붙들려서 살아갈 경우, 언젠가 시적 화자 자신마저 없어질 것 같아서, 그게 그리도 슬픈 것일까. 그동안 잘 참고 인내하며 우아함과 고상함을 잘 지켜왔는데, 왜 이제 와서 그런 고통을 호소한단 말인가.

그리워하는 대상으로 인해 남은 시적 화자 자신을 만날 수 없을 것 같아서, 이제는 시적 화자 자신의 인생마저 부인할 것 같아서, 지금까지 살아온 인생관마저 원망할 것 같아서, 자신이 애써 버티어 온 자존심마저 내팽개쳐 버릴 것 같아서, 시적 화자는 몸부림친다. 그러면서도 시적 화자는 얼굴 붉히는 들녘을 걷는다.

그런 고통 속에서도, 잊고자 외치는 마지막 한마디를 내뱉은 순간에도 얼굴 붉히는 건 역시 상상만으로가 아닌 실제로 열정적인 만남을 희구하고 있어서일까. 그게 부끄러워 얼굴이 붉으스레 달아오른다.

자신의 본질을 꿰뚫어 본 것일까. 그리움의 본질, 사랑의 본질, 그걸 꿰뚫어 본 것일까. 육체적, 정신적 결합만이 참다운 사랑의 그릇 역할을 한다는 것을 비로소 깨달은 것일까. 그럼에도 불구하고, 시적 화자는 연기처럼 그리움을 날려 보낸다.

그런데도 독자들은 왜 믿지 못할까. 연기처럼 날려 보낸다는 시적 화자의 말이 왜 공허한 울림으로만 느껴지는 것일까. 왜 그럴까. 사랑이 저 멀리서 빙그레 웃고 있어서일까. 조소하듯, 나무라듯, 후려치듯 웃고 있어서일까.

어느 날
내 둑으로 물이 넘쳐 스며들었다
그날로부터
눅눅해진 날들이 시작됐다

활활 타지 못한 불꽃은
연기만 솟아오르는 그을음뿐

그것마저 허상의 춤을 추다
사그라지고 또 사그라져 갔다

피식피식 쓴웃음 내비치면서
강한 후유증을 질질 끌면서도

끝내 나를 버리지 못해
환한 불꽃으로 피어날 수 없었다

그러다 보니
나는 충분히 젖어 버렸다.

-〈내 청춘〉 전문

이 시에서 시적 화자는 활활 타지 못하고 연기만 솟아오르는 그을음뿐인 삶에 대해 회의를 보이기 시작한다.

어느 날 갑자기 넘쳐 들어온 물, 그 물 때문에 시적

화자의 나날은 눅눅해진 삶이 되고 말았다. 남은 건 그을음뿐, 얼마 지나서는 그 그을음마저 허상의 춤을 추다 사그라져 갔다. 그로 인해 시적 화자는 쓴웃음과 후유증에 시달리게 된다. 몇 번이고 환한 불꽃을 염원했으나, 끝내 자기 자신을 버리지 못한 탓에, 불꽃도 일구지 못한 채 흠씬 젖어 버리고 말았다.

그토록 바라던 열정의 꽃이 피어나지 못한 채, 물에 흠뻑 젖어 버린 중년, 아예 포기한 채 살아야 한단 말인가. 이제는 열정의 불꽃은 영영 운명으로부터 멀어지는 존재가 되어 버렸는가. 시적 화자는 아쉬운 듯, 여전히 미련이 남은 듯, 하지만 불가능한 세계를 바라보는 듯, 체념의 눈길로 씁쓸히 바라보고만 있다.

이 대립적 세계는 물의 이미지(내 둑으로, 물이 넘쳐, 스며들었다, 눅눅해진 날들, 충분히 젖어 버렸다)와 불의 이미지(활활, 타지, 불꽃, 연기만, 솟아오르는, 그을음뿐, 환한 불꽃으로, 피어날)의 입체화 속에 계속 긴장감을 유지하면서 전개되고 있다.

시적 화자의 내면과 그 갈등의 세계가 선명히 자리 잡고 있는 것도 이 입체화 때문이다.

말과 먹거리로
무슨 말을 뱉었느냐
무엇을 먹었느냐

세상의 중심에 서서
입만 있고 귀가 없었느냐
귀만 있고 입이 없었느냐

둘 중
너와 나는
누구였느냐

입에서 입으로 귀에서 귀로
감각에만 매달린
물방울은 아니었느냐.

- 〈시인아〉 전문

이 시에서 시적 화자는 시인에게 묻고 있다. 말과 먹거리로 무슨 말을 뱉었느냐, 무엇을 먹었느냐고. 세상의 중심에 서서 입만 있고 귀가 없었느냐고. 귀만 있고 입이 없었느냐고. 입만 있고 귀가 없었다면, 들을 귀는 버리고 주둥이만 지껄이며 살았다는 자책이 된다. 귀만 있고 입이 없었다면, 듣고 순종만 하고 할 말을 못하며 움츠리며 살았다는 한탄이 된다.

둘 중 시적 화자는 어디에 속하는 걸까. 도대체 시적 화자는 누구였단 말인가. 혹시 입에서 입으로 귀에서 귀로 감각에만 매달린 물방울은 아니었느냐고 자책하며 숨을 죽이고 있다.

이 시대에 던지는 비전의 확대, 타인의 아픔에 대한

상상적 공감력 등도 없이 살아온 세월에 대해 자책하는 것일까. 이 시대의 시인들을 한꺼번에 호령하는 것일까. 시인으로서, 시인답게 살아가지 못하는 현실을 질책하는 것일까. 내면에서 솟구치는 불만과 회의를 한꺼번에 분출시켜 놓은 것일까.

이 시를 통해, 이 시대의 시인들, 그 갈 방향에 대해 보다 진지하게 검토해 볼 필요를 느끼게 된다. 이 시대와 시인, 이 시대 속에서 시인의 역할은 과연 무엇일까. 자기 만족, 자기 토로, 자기 고백의 범주에서 벗어나, 시인은 이 시대와 공감하고, 이 시대의 구조적 모순에 항거하고, 이의를 제기하고, 이 시대의 아픔을 공감하고, 잘못된 깃발을 다시 세우고, 그 깃발을 향해 올곧게 나아가는 의식을 실천해야 한다는 강한 채찍은 아닐까.

새초롬히 한밤중을 껌뻑이는 너는
애원 담긴 연민으로 부옇게 살고 있다

네모난 창문 열어 너를 불러들여
미로 같은 하얀 깃털을 달아 준다

버리려 해도 버려지지 않는
서로 덧껴입은 슬픔과 마주하여

눈빛 속에
너 하나 들여놓은 이 밤

하얀 영양제처럼 흘러드는 네 향기가
가장 지독하고 외로운 흉기가 되어

덫에 걸린 짐승처럼 허우적거리다
생의 불꽃처럼 사라지는 별똥별을 쫓는다

너는 지금 이 순간
내 생애 전부다.

- 〈불면증〉 전문

이 시에서 시적 화자는 애원 담긴 연민으로 부옇게 살고 있는 '너'를 한밤중에 불러들여 하얀 깃털을 달아준다. '너'는 버리려 해도 버려지지 않는 슬픔과 하나다. 서로 덧껴입은 채 살아가는 존재다.

잠이 오지 않는 밤에, 시적 화자는 '너'를 눈빛 속에 들여 놓는다. 처음에는 하얀 영양제처럼 흘러든 너의 향기는 결국 가장 지독하고 외로운 흉기가 되어 덫에 걸린 짐승처럼 허우적거린다. 마음에 평안을 주지 못하고 오히려 괴롭히는 존재로 전락한다. 그러다 사라져 가는 별똥별을 쫓는 존재가 되어 버린다. 이로써 '너'는 시적 화자의 생애 전부로 자리한다.

이러지도 저러지도 못하는 존재, 하얗게 불면의 밤

을 보내야 하는 존재, 지독히 외로운 존재, 마치 고독한 현대인의 전형으로 돌아와 슬픔을 껴안는다. 무엇이 이토록 시적 화자를 고독하게 하고 외롭게 만드는 것일까. 왜 시적 화자는 슬픔을 덧껴입고 외로움에 짓눌려 살아가야 할까.

시 전반에 흰색의 시각적 이미지가 여러 군데 배치되어 있다. '부옇게', '하얀 깃털', '하얀 영양제', 여기서 '흰색'은 절대 고독인 듯하다. 그 어떠한 것으로도 위로 받을 수 없는 절대 고독, 그 어떠한 상황에서도 불면의 밤을 보낼 수밖에 없는 절대 고독, 이게 시적 화자의 내면을 괴롭히고 있는 것이다.

이 절대 고독은 사랑과의 재회가 이뤄지는 곳에서 비로소 해소되는 건 아닐까. 그렇다면, 시적 화자는 아직도 절대 고독을 벗겨 줄 사랑의 존재를 애타게 바라고 찾고 있는 건 아닐까.

존재한다
이곳과 저곳을 차단하고 서서

벽을 벽으로만 보면
문은 보이지 않는다

문을 만나기 위해서
다른 세상으로 나갈 수 있는

출구를 찾는다

새로운 문을 만난다는 것은
자유로운 바람이다.

- 〈무제〉 전문

이 시에서 시적 화자는 한 가지 사실을 깨닫는다. 자신의 '절대 고독'은 스스로 갇혀 있음으로 인해 시작된 거라고. 이곳저곳을 차단하고 서서, 벽에 갇혀 있다고 단정하고서 살아온 것이다. 그래서 문이 보이지 않았던 것이다.

존재하긴 하지만 절대 고독에 갇혀, 스스로 벽을 만들어 그 안에 갇혀 지내는 지성인, 늘 지독한 외로움에 시달렸던 존재, 이제는 그 세계에서 탈출하고자 한다. 문을 만나기 위해 다른 세상으로 나갈 수 있는 출구를 찾을 수밖에 없다.

그 출구는 어디에 있을까. 그 문은 어떻게 만날 수 있을까. 그건 도대체 뭘까. 바로 그것은 자유로운 바람이다. 그렇다. 인생에도 추억에도 그리움에도 자유로운 바람이 필요하다. 그 자유로운 바람이야말로 모든 갇힘의 공간에서 탈출할 수 있는 유일한 통로이다.

왜 여태 그 자유로운 바람을 외면하고 살아왔을까. 이제라도 자유로운 바람을 맞이하고, 소중히 여기고, 마음 깊이 가슴 깊이 영혼 깊이 받아들여, 절대 고독에서 벗어나고, 지독한 외로움에서도 벗어나야 한다. 사랑의 결실이 없어서, 늘 절망하고 포기하고 자포자기하고 살아왔던 삶에서 벗어나, 활기찬 여생을 꾸려가는 길은 바로 자유로운 바람을 맞이하여 자신이 스스로 자유로운 바람이 될 때 비로소 열릴 것이다.

블로그에서 그녀를 발견한 후로
보름이 지나서야 다시 볼 수 있었다
마음 알릴 때는 종 대신 확성기를 쓰고 싶었지만
잠에 묻혀 깊은 꿈을 꾸는 종을 잊고 있었다
어디에도 없는 느낌으로 살아온 종이
눈까풀 파르르 파들거리더니
뜨거운 것이 핑 고이는 두 눈을 들었다
서로가 눈이 흐려 잘못 보았지만
나는 스스로의 회한을 감싸 안고
그녀의 들뜬 이마를 어루만져 주었다
구름 너머 열리는 세계와
기억의 노선을 만나기 위해
두꺼운 커튼이 드리워진 창을 열었다
지난 앙금들이 바닥을 구르며 헤엄치는데
누룩에 담긴 경이로움으로
몸속에 스며 달려드는 취기가 미소 지었다
어제와 오늘의 만남을 물으며
하늘 언덕으로 더 가까이
자라나는 마음을 바라보고 있었다.

- 〈만남 · 2〉 전문

이 시에서 시적 화자는 자신의 내면을 들여다보고 있다. 어쩌면 오래도록 떨어져 있었던 내면, 좀처럼 마음을 알릴 수 없었던 터라, 때로는 종 대신 확성기를 쓰고 싶기도 했다. 지금까지는 잠에 묻혀 깊은 꿈을 꾸는 종을 잊은 채 살아왔다. 느낌으로 살아온 종이 드디어 꿈틀거린다. 눈까풀 파르르 파들거리더니 눈시울이 뜨겁게 핑 젖는다. 그때 두 눈을 든다. 시적 화자와 내면은 서로 눈이 흐려 제대로 보지는 못한다. 그런데도 시적 화자는 스스로의 회한을 감싸 안고 내면의 들뜬 이마를 어루만져 준다. 그리고는 두꺼운 커튼을 젖히고 창문을 연다. 구름 너머 열리는 세계와 기억의 노선을 만나기 위해서다. 그러자 지난 앙금들이 바닥을 구르며 헤엄친다. 이어 몸속에 스며 달려드는 취기가 미소 짓는다. 서로 어제와 오늘의 만남을 상기하며 마음문을 연다. 하늘 언덕으로 더 가까이 자라고 있는 마음을 바라보며, 새날을 꿈꾼다.

다시는 헤어져 있지 않겠다고. 헤어진 채 자신의 욕망도 꿈도 열정도 짓누르고 억압하여, 자기 자신이 아닌 타인처럼 살지 않겠노라고 다짐하며, 만남의 의미에 더 무게를 싣는다.

지금까지 우리는 전금희 제2시집에 수록된 시 세계를 대략 살펴보았듯이, 전금희 시인은 끊임없이 자신의 존재 이유에 대해 질문을 던지고 관찰하고 답하고자 하고 있다. 그러면서 사랑의 존재 가치와 의미, 그 소중함에 대해 시적 형상화를 통해 그림을 그려 나가고 있다.

특별한 표현 기법의 틀에 의존하지 않고, 아주 자연스러운 시상의 흐름, 엷은 베일에 가린 듯한 상징의 활용, 구상과 추상의 입체적 조화로움, 지각적 이미지의 어우러짐, 새로운 각도로 해석한 시적 구현 등을 시 창작의 밑바닥에 깔고 다채로운 감성의 파노라마를 펼쳐 놓고 있음을 보게 된다.

제1시집에서는 한 편 한 편의 시적 형상화에 중점을 두었다면, 제2시집에서는 시 전체가 하나의 시상의 흐름 속에 피어나는 꽃동산을 만드는 데 치중하고 있다.

처음부터 끝까지 경쾌한 시심으로, 때로는 울컥한 심정으로, 때로는 박하사탕처럼 상큼한 깨달음으로 이끌어 가는 솜씨가 매우 매력적이다.

주체 노출보다는 상징의 고리로, 진부한 해석보다는 신선한 해석으로, 설명보다는 그림 그린 듯한 표현 기법으로 하나하나 완성된 전금희 시인의 시들이 날이 갈수록 빛을 더하고 있음을 체험할 수 있어 아주 좋았다.

앞으로도 더욱 치열한 시정신으로 이미지와 상징이 잘 결합하여 상큼하고도 경이로운 제3, 제4, 제5시집을 펴내리라 믿는다.

아름다운 시집이 세상에 나오는 이 기쁨을 26년간 같이 시 공부하며 시 창작의 오솔길을 걸어가는 한실 문예창작 문우들과 향긋이 나누고자 한다. 참 멋지다.

– 수박 맛이 유달리 달콤하고 시원하고 싱그러운 여름날 오후에

박덕은

(문학박사, 문학평론가, 시인, 소설가, 수필가, 동화작가, 희곡작가, 사진작가, 화가)

작가의 말

'시'의 향기에 취해
신록의 산빛처럼
넉넉한 햇살처럼
화사한 잎새처럼
포근한 눈꽃처럼
님의 몸과 마음까지 안아보고 싶었다

사랑과 연애, 그리움과 외로움,
이별이라는 이름으로
시에게 가까이 다가서고 싶어
시와 입맞추고
이마를 어루만지고
가슴에 시의 숨결을 느껴보는
마냥 행복한 시간이었다.

시가 좋아서 읽고
내가 느낀 이미지를 글로 남기며
앞으로 사랑의 기쁨과 이별의 슬픔
그리움과 외로움의 몸짓까지도

운명처럼 인연처럼 함께 가려 한다.

그런 내면의 나와 나의 부족한 시에게 물이 흐르게 하고, 햇빛을 쏘여 주신 한실문예창작 지도 교수 박덕은 박사님과 출판에 애써 주신 서영출판사 서동영 대표님, 한실문예창작 포시런 문학회 문우들, 늘 격려의 말을 아끼지 않는 이주희 작가님께 감사드린다.

아울러, 사랑하는 남편과 가족에게 고마운 마음을 전한다.

2015 8. 5.

제2시집을 출간하며 여운이 짙은 차 향기 앞에서

전금희

祝詩

전금희

박덕은

그대 눈길이
스치는 곳마다
시심의 향이 묻어나고

그대 손길이
머무는 곳마다
리듬 자락이 일렁이네

매번 어디선가
밀려오는 속삭임
그대의 설렘인가

바라볼 때마다
밀려오는 잔물결
그대의 호숫가인가

싱그러움이 낮게
깔린 오솔길 위로
생애 두 번째 만남

감동의 두레박으로
운명이 내려 준
은은한 열매인가

마주할수록
뺏속까지 스며드는
전율의 곡선들

거기
와락 솟구치는
환희의 샘터에서

가장 보드랍게
가장 눈물겹게
가장 격렬하게

오늘도
하늘보다 더 높이
바다보다 더 깊이

푸르른 외침으로
우아한 몸짓으로
너울거리고 있네.

차 례

1장 — 그리움

2장— 외로움

3장 — 연애

4장 — 사랑

5장 이별

그 누가 다녀간 것일까

제1장
그리움

박덕은 作 [그리움](2015)

고독아

살금살금 다가와
재능만 탕진하는 너

삶에 아무 보탬이 안 되는
문제나 내주는 너

묵묵히 침잠하며
늘 나를 찾는 너

돌아가 쉴 곳 못 찾고
수명만 기르고 있는 너

지치지도 않는가
어떤 시를 읊어줘야
너의 어깨가 들썩일까

네가 떠나거나
내가 떠나거나
어느 것이 더 나을런지

너의 치근거림을
벗어날 수 없으니
이 순간 우리가 무엇이면 좋겠는가.

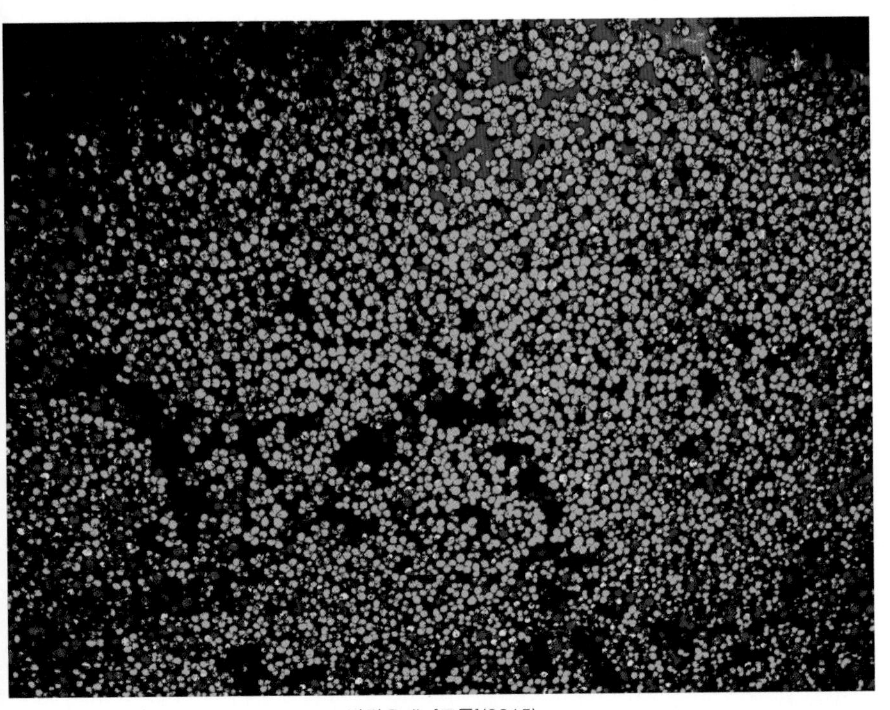

박덕은 作 [고독](2015)

연가

온 세상이 다 탑이어서
고개 길게 뽑아올리며
수직으로 살고 있지만
같은 하늘 아래서
얼굴 보는 일 없이 담백하게 묻히는
이야기가 있다

토실한 그리움들이
앞다투어 피고 지는 꽃처럼
수다 떨며 사라지는 소나기처럼
바람 타고 헤매는 낙엽처럼
나목을 밤새워 수놓는 눈꽃처럼
사계절 뽀얗게 자라 마음으로 넘나드는
이야기가 있다

희미한 탑을 향해
들뜬 이마를 만져 가며
질기게 살아남아서
따가운 봄볕에 나비처럼 나풀거리다
묻혀 가는 이야기가 있다.

세상살이

마음을 넓혔다
사람이 많아졌다

마음을 더 넓혔다
사람이 더 많아졌다

마음을 놓아버렸다
사람이 마구 드나들었다.

계절의 길목

거북등같이 갈라진 옷들을 벗긴
연둣빛 물오름이
너를 맞는다

파릇한 생기로
손을 흔드는 긴 가지의 생환을
품에 안고서
산그림자의 정겨움과
울음 터트리듯 피어나는 꽃들과 함께
험한 봉우리까지 올라본다

조금 더 올라가면
여름이 머물고
풍성한 이야기처럼
짙어진 푸르름이 다녀갈 것이다

하루에도 수십 번
길을 잃으며 오르내리는 고독이
비수처럼 날아드는 가을도
곧 올 것이다.

하루를 씻고 다가선 창가에

뽀얀 젖빛 안개 한 자락
저녁 들녘을 떠다니니
이리저리 한가롭다

별을 하나하나 헤이다 보니
하늘가에 그리운 소리들이
튀밥처럼 수북이 쌓여 간다

잔잔한 미소 가득한 밤하늘의
묵묵히 반짝이는 금성이
오늘밤의 그대 같다.

내 마음

길을 잃을 때가 많다
하루를 빽빽이 준비해 봐도
어느새 궤도를 이탈해
멀리 가 있곤 한다

때때로
막대 전등을 마구 흔들고 있는
콘서트장이기도 하고
통돌 소리에 이끌린 동해바다이기도 하고
아프리카의 정글 속이거나
목적지 없는 기차 속이기도 한다

어느 때는
인디언 춤을 추며 대화를 하고
흰 눈 내리는 바다를 떠돌기도 하고

나에게로 되돌아와
여기에 있어야 한다고
말하기도 한다

눈이 머무는 곳마다
달려가지 않도록
잊지 말고 나를 챙기라고도 한다.

박덕은 作 [내 마음](2015)

사진 정리

지배할 수 없는
마음 태운
항해사가 된다

알 수 없는 연고지의 한가운데
그대로 서 있는 젊음을 본다

가슴앓이의 흔적을 맴도는 동공이
아련한 아픔을 안고 수축한다

뒤척이는 사연을 줄 세워
그들 사이를 걷거나 조각난 시간을 짜깁기한다

세월의 이정표 아래마다 금을 그어
숫자를 붙이거나 이름을 달아 놓는다

찢기어 쓸려 나가는 분신들은
그리도 호들갑스레 즐거워한다.

오솔길 걷다

야트막한 언덕길
여물고 있는 초록 내음을 따라나선다

파란 숲길자락에 휩쓸리어
천 번쯤 만 번쯤 구름처럼 드나들며

여름의 활발한 맥박 소리 껴안아
그리움의 심장을 들춰 읽으며

날씬한 빗소리보다 더 가늘게 떨리는 소리가
잃어버린 나의 고백이 되기도 한다

흔들리는 수줍음으로
아무도 만나지 못하게 하는 사이 달이 떠오른다.

고독

뉘엿뉘엿 넘는 슬픔들이
잔물결 위로 누운 채
붉게 술렁입니다

그리움이 끼어들어
더듬더듬 더듬어 팔짱을 끼고
강가를 떠돕니다

슬픈 눈이 깊어갈수록
돌아오지 못하리란 걸 빤히 알기에
그저 눈시울만 뜨뜻해 옵니다

가슴을 맴도는 외로움이
잠들지 못한 억새들과 일렬로 서서
하얀 울음소리를 냅니다

가을을 쓸쓸히 내버려 두고도
그 무게와 깊이를 잴 수 없는 건
눈물 속에 뭔가 아직 살아 있기 때문입니다.

8월 · 1

낮이 길다
그래서
파도가 외롭지 않다.

8월 · 2

기다렸다는 듯
뜨겁게 달궈지는 시간이
사라질 것만 같은
탐스런 웃음들을
모래 위에 수놓으며
달리 무엇을 말하지 않아도
온 힘을 다해
처음으로 돌아가는 힘.

8월 · 3

어디든
언제든
가장 밝은 빛 속에 잠겨
꿈꾸는 계절.

당신에게 · 1

한없는 그리움이
잇닿은 시작이
그때부터인 듯싶습니다

일렁임을 어쩌지 못한 채
꽃이 피어나고
파도가 노래하고
낙엽이 흩어지고
눈이 나리고……

사소한 일상까지 함께 뒹굴면서
서늘하고 뜨겁게
그리움 속으로 천천히 떠내려갔습니다

긴 기다림과의 포옹은
시를 쓰게 하고
잃었던 영혼이 조금씩 찾아들기 시작했습니다

달빛이 흘러들 듯
보고픔이 번져 오르기 시작함이

아마도 그때부터인 듯싶습니다.

박덕은 作 [그리움](2015)

당신에게 · 2

굽은 능선 잔설길
조심스레 내려딛는 봄바람
입맞추는 나뭇가지 미소 띠면

겨우내 한 모퉁이 잠자던
그리움 빠끔 얼굴 내미는
그 조용함이 얼마나 좋은지요

지나온 세월 끝나지 않아
다시 다가선 추억 앞에
철쭉꽃은 또 곱게 필 테지요

언덕배기 땅속
긴 잠 깨어나는 설렘으로
우린 덩달아 춤을 출 테지요.

그대 오시는 날

순결한 꿈을 꾸며 살던
바닷가에
밀물 따라 밀려오는 소리

귓속을 맴도는 크고 작은 메아리가
느린 물결로 휘어지듯
줄지어 일렁이는 소리

사모하는 질긴 마음이 나를 안아 들고
그대보다 먼저 닿아 닻을 내리고
숨 고르며 마중 나서는 소리

하루 한시도 그대를 사랑하지 않고는
내 생을 사랑할 수 없었음을
아득한 가슴이 외치는 소리.

바람 속에 들어 있는 당신 목소리

늦은 밤 토론이 나를 괴롭혀도
끈적끈적한 침묵이 전하는 말조차도
우리에게 남은 시간이 그리 많지 않다

어제의 세월 속에 묻힌 소리들이
흐르는 혈관 타고
겨우 작은 목소리 트고 있을 뿐

점 점 점
허리 굽은 꿈을 뇌이다가
날지 못해 고여 있는 생각을 묻고
이유를 말하지

나로부터 너무 멀리 와
너를 부르는 시간을 살다가
하얗게 바랜 바람의 춤을 출 뿐.

고민

블라인드를 내린다
머리카락에 가려져 느릿느릿하게
지나간 습관처럼 그렇게
오래 전부터 혼자 중얼거린다
비스듬히 눕기도 하고
두통을 호소하기도 하면서
남아 있기 싫은 듯 쏟아져 구르지만
결코 너는 나를 이기지 못한다
내가 죽지 않는 한 너도 죽을 수 없다.

습작을 찾습니다

그저 보통의 글씨에
보통의 의미로
보통의 마음을 가진
그런 나의 글입니다

바람 따라
가슴 언저리 저미는 사연이
이 뜨거운 날씨 어딘가에서
나를 그리워하며
보고 싶어할지 모르는
나의 분신들입니다

내게서 그들이 떠난 지
일주일이 넘어갑니다
녹음이 한창인
어느 골짜기에서
헤매고 있을까요

나는 참으로
할 말이 많은데

엇갈린 길목을 돌고 돌다
길 한 모퉁이에서
그들을 만날 수 있을까요

그리움이 무엇인지
그들이 떠난 후에야
비로소 눈물을 흘립니다
떠나기 전 1초를 몰라
나는 그리도 허망히
그들을 보냈습니다

따스했던 봄별과 한여름
가을의 고운 잎새의 노래들과
한겨울을 함께 지낸 무늬를 잃고
난 지금에서야
그들을 찾아 나섭니다

누가 알고 계십니까
누가 본 적이 있습니까
나는 지금 속터지게
그리운 그들을 찾고 있습니다.

그리움 · 1

비어서
참 좋다

어디든
거칠 것 없이

빈 길 내어
날 수 있어서

부디
꽉 차오르지 말고

비어 있기를
늘.

그리움 · 2

오긴 온다
어제, 그제보다도 더 가까이

기다리는 동안
그 사이에

훨씬 더 가까이
아주 가깝게 다가서는 듯

가고 오는 한 만나리라
오가는 날들을 몰라보지 않으면

더 가까이 알아볼 수 있게
오긴 온다.

그리움 · 3

휑하니
비어 있는 상태로
잠시 다녀가는
봄길.

파도

큰소리치며 다가서다 멀어져 가는
가슴속의 말들이 쏟아져 내려
그립다 말을 한다

놓았다 끌어안는 반복으로
어느새 먼 바다를 다녀와
다시 또 만나자 한다

흔들리며 흐느끼는 흠뻑 젖은 말들이
별을 싣고 출렁이다
까닭도 없이 서러워한다.

흔적

차가운 바다를 물들이는
노을을 가질 수 있을까
지는 꽃을 막아서는
바람을 가질 수 있을까

식탁에 부딪히는 수저 소리와
영혼으로 읽는 모든 책과
넘기는 페이지마다 떠오르는 별빛과
슬픔을 질질 끌며 사라지는 소리뿐

다가서는 기척에 설레어
추억의 계단을 밟으며
고백하듯 기도하는
신비로운 소리뿐

노을에 두 손 얹어 사알짝 오므려 보아도
바람 향해 동그마니 가슴을 옹송그려 보아도
이제는 그 어디에도
스쳐 온 내 본래의 자리조차 없어

이곳에 있으면 그곳이 그립고
그곳에 있으면 이곳이 그리울 뿐.

박덕은 作 [흔적](2015)

보고 싶다

이 말 들어본 사람은
모두 뛰는 가슴이지

쿵쿵 소리에 놀라
뜨거운 숨을 몰아쉬기도 하고

나뭇가지 끝에 걸린 풍선처럼
마냥 흔들거리기도 하지

그리워도 그리운 줄 몰랐다가
어느새 다시 그리워하고

부풀고 부풀려진 가슴으로
밤낮을 끌려 다니기도 하지.

강화 가는 길

탁한 기류 몸에 두른 섬가
속내 들키지 않는 몸짓은
여전히 그 자리에 춤을 추고

어젯밤 꿈길에 들러 가신 어머님의
각별한 배웅길이 즐거워
구름에 실린 듯 다리를 건넌다

낮은 산은
소곤거리는 새들의 따뜻한 이야기 따라
부스스 푸른 촉을 내민다

예전에 그랬던 것처럼
몇 줄씩의 꿈을 펼쳐 인사하고
수평선에 노을 구름 속으로 잠수한다.

눈물이 난다

찬바람은 골목을 훑고 지나지만
낯익은 목소리 흐르는 카페에서
꽃불 받쳐 든 저녁을 만나서

술은 가슴을 치고 어깨 들썩여 놓지만
바람개비 돌리듯 오만傲慢한 중심을
함께 돌리고 있어서

희미한 발자취 뒤밟는 굼뜬 것들이
바랜 추억을 들추어 세우다가
한 모금의 국화차에
회한과 웃음을 섞고 있어서

누구라도 한번쯤
꿈결같이 아름다운 너와 나로
그립고 간절하게 걸었을 이 길목
어디쯤에 와 발 딛고 있어서

자욱이 피어오르는 안개 같은 이야기가
휘적휘적 시간 속을

입속이 환하도록 하얗게
서로를 달뜨게 해서

미련의 띠 두른 보름달은
밤하늘 한가로이 떠도는데
심장을 헤집고 달리는 별빛의 화음만을
머리에 이고 있어서

미처 내놓지 못한 말 포개어
너는 나를 나는 너를
되새김질하며 일렁이는 인파 속으로
차츰 차츰 묻혀 들어서.

입맛이 쓰디쓰다

말수가 많아져서
쓰던 안경의 렌즈 도수를 올려야 해서
입던 옷의 크기를 늘려야 해서
좋아하던 색이 어느 날 축축한 느낌이어서
즐겨 쓰던 모자가 낯선 순간으로 얹혀서
아는 이의 이름이 선뜻 떠오르지 않아서
낱말의 부재를 끝내 메꿀 수 없어서
일상으로 이끌리는 하루가 하냥 바빠서.

제로섬

비운 마음을 사랑하고파
턱 괴고 앉아 생각해 본다

나는 나에게 반한 적이
몇 번이나 있었는지

반백이 된 머리에는
얼마나 많은 친구가 남아 있는지

시간의 여울목에는
추억이 몇 송이나 실려 있는지

욕망은 왜 잠을 설쳐
자꾸 세력만 넓히고 있는지

능금빛 초저녁 거리는
낙엽의 고백들로 이리도 쓸쓸한지

무얼 위해 저 높은 곳으로
그리 오르려고 하는지.

빗소리

날마다 멀어져 가는
추억에 매달려

어디론가 떠나는
유년을 들여다보고 있었어

지금은 부르지 않아도
그냥 그때가 그리워

다시 또
눈물이 났어

뚝뚝
온몸으로 얘기하며 찾아오고 있었어

한 무리로 떠났다가
되돌아오길 되풀이하며

후드득 후드득
질척이는 길 위에서 바라보고 있었어

오랜 마음이 한곳에서
물처럼 흘러가 떠나고 있었어.

박덕은 作 [유년의 뜰](2015)

어머니

나는
서해 쪽으로
서 있습니다

오늘도 당신은
세수를 하고
참빗으로 흙발 빗어 내리어
은비녀 곱게 꽂고
미닫이문 열고 웃으십니다

안개 내린 바다를 바라보다가
잿빛 갯벌 작은 게들의 춤을 보면서
이야기 고인 물마루길을 걸으십니다

기도 없이 기도 배인 걸음 뒤밟아
아련한 웃음과 고요한 눈빛 주워 가며
당신의 모습을 따라나섭니다

천만리를 가는 별처럼 그렇게
파도 소리로 잠이 들고 깨는 당신은

오늘도 여전히 고우십니다.

박덕은 作 [어머니의 봄](2015)

툇마루

낡은 나무쪽의 숫자만큼
발돋움하는

발이 발을 쉬게 하고
파르르한 눈이 눈을 놓아 보는

이쪽과 저쪽 사이에
지난 고요가 보일 듯 말 듯 묻어 있는

꿈결로 밀려드는 낯익은 내음에 파묻혀
며칠쯤 곤히 잠들고 싶은

무한히 흐르는 시간들이 걸터앉아
늙은 풋잠의 숨소리 곁들여 내미는

신음 소리로 눈동자 붉게 물들이는
내 삶의 절정 같은.

만

마냥 바라만 보고 있는 자전거
한쪽 구석에 멀뚱히 앉아만 있는 런닝머신
발 아래서 밟히기만 하는 요가 매트
옛 바디라인만을 애타하는 수영복
티 테이블 밑에서 잠만 자는 아령 한 쌍
골프만은 뭐니 뭐니 해도
손아귀 힘이 강해야 된다며 마련한 알력기
핸드폰 일정표 칸을 빽빽하게 메우고 줄지어
빤히 쳐다보고만 있는 권태기들.

제2장 외로움

박덕은 作 [외로움](2015)

놓쳐 버린 것들

책과 코미디, 슬픈 영화도
제대로 즐기지 못하고
여태 살아왔다

유명한 작품이니까
읽어 줘야 할 것만 같아 읽어주고
웃겨도 그냥 웃지 않고

애써 피식 피식 웃음을 참았고
슬픈 드라마조차 마음껏 보고
슬퍼하지도 못했다

좋은 책과 음악을 만나도
나만의 시선으로 바라볼 수 없었고
대화의 궁핍을 피하려고 영화를 보았고
즐기기 전에 재고 따지곤 했다

그 사이
참 많은 것들을
제대로 느끼지도 즐기지도 못한 채

흘려보내 버리고 말았다

눈물 나도록
슬퍼하고픈 대로 슬퍼하고
마음껏 웃고픈 대로 웃으며
보고픈 책과 영화, 듣고픈 음악
좋은 사람들을 만나
이제라도 즐기고 싶다.

양말

햇볕이 드나드는 베란다에서
일주일이나 비틀린 채
말라가고 있다

창밖에는
단색의 여름이 웃음을 흘리는데
형벌처럼 누워서 TV 소리 듣고
음식 냄새에 일상의 분비를 닦아 가며

한낮이면
작게 열린 창틈에
반 토막의 바람으로
몸을 추스려도 보지만

끝내 혼자서
내부에서 홀로 하늘거리며 가는
야생의 기억들을 데굴데굴 굴려
걷지 않아도 저절로 나아가는 걸음에
신을 신겨 준다

그때서야
무언의 눈빛과 거래를 트지 못해
숨을 내어주는 것마저
작은 뜻이 된다

오늘도
물컹하게 씹힐 추억의
한쪽 가슴을 내어 주며
살기로 한다.

초가을에

이 세상 눈물이
모두
내게로 왔다

제대로 갖춰 입은 옷 속에
살과 피와 심장을
고루 갖추고

이리저리 방향 없이
첫걸음을 떼는
어린아이처럼

제멋대로
추억 부풀리기에 여념 없는
부기 가득한 눈언저리 속으로

마치
무엇인가를 놓고 온 것처럼
누군가를 버리고 온 것처럼

계절의 터널 속 저편
촉촉이 젖는
비상구를 바라다보며.

박덕은 作 [초가을에](2015)

그는 나에게

만난 지
40여 년이 지난 지금까지
그는 나에게 술 한 잔 사주지 않았다

허름한 골목 끝 즐비한 포장마차에서나
긴자거리의 느낌 풍기는
작은 미니바에서도
그는 나에게 술 한 잔 사주지 않았다

소복이 눈 쌓이는 날에도
눈부시게 고운 눈발이
아스라이 흩날리는 날에도
그는 나에게 술 한 잔 사주지 않았다.

나는 지금

내 마음속에
시집이 서너 권쯤 들어 있다며
속이 아닌 속을 뒤지다가

어설픈 시집 한 권 달랑 쓴 채
나는 지금
죽어 가고 있다

나는 작고 동그란 무덤 앞에
"마음속에 시집 몇 권을 함께 묻다"라는
궁서체의 비석을 당장 세울 것만 같은데

비석을 세우지 못하고
오늘을 보내는 사이
다시

비바람과
어둑한 달빛에 묻혀서
눅눅한 시를 또 쓰고 있다.

출근

참새떼가
일출의 시간 사이로 빠르게 떠오른다

새들도
이 아침
출근을 하나

아직 내려놓을 수 없는 희망을 좇아서
덩달아 나도 아침 길을 걷는다

나뭇가지에
지난 그리움 한 자락
덩그러니 걸쳐 본다

마치
생애 마지막 꿈 하나
걸쳐 놓듯이.

철들지 않는 소녀

유년으로 돌아가면
그냥 즐겁고

갓 어른이 되면
꿈으로 부풀어오르고

환갑이 넘었다 여겨지면
그 여유로움이 기쁘다

별똥별 주우러
호박밭을 달리던 아이가 그리울 땐
어른아이가 되어 하늘 한 번 쳐다보고

나이답게 사는 것이
엄숙하게 살라는 말이 아님을 읽는다.

어떤 메시지

부풀 대로 부풀어오른
성난 핏줄에 감겨
고장난 가로등처럼
껌벅거리는 저녁

뼛속 야수성이
거리를 질주하다 지쳐
하혈하고 있다

방금 전 놓은 주사 때문일까
공중에서 반쯤 풀린 빗살 주름 사이로
기어이 울음같은 비가 쏟아져 내린다

지금 너에게
이 순간 모든 걸 맡기노라고
끝까지 아이들 길잡이도 되고
깨진 식탁 유리도 조심스레 해결하고
보일러에서 나오는 물방울도 잡고
화단에 삐쭉 내민 나무들의 가지치기와
물 마시고 싶은 꽃의 입술 축여주는 일도

잊지 말라고

촘촘하게 문자 새기듯
바르르 떠는 속눈썹은
그렇게 넌지시 말을 전하고 있다.

박덕은 作 [어떤 메시지](2015)

그곳에

한동안 가지 못했다
혜화동 2번 출구를 나서면
파랑새 극장이 있고
민트색 글씨의 나무 찻집이 있다
그리고 오래된 생각에 잠겨 있는 담쟁이가 있다

또
사계절을 보내고 있는 그곳에
이별을 위한 이별도 있다

그 후로 얼마나 많은 시간들이
어떻게 다녀갔는지 알 수 없다
차가운 둥둥구름에 그리움만 매달려
떠다니고 있을 그 거리의 계절을
다시 만나지 못했다

어둠에 맞서 신열처럼 불빛만 켜지고
꺼져 갈 그곳에 가지 않겠다

아무도 눈치채지 못할 인파 속으로

나를 보면 응답하는 지향의 화살촉들이
흘러 다니는 그곳에.

박덕은 作 [그곳](2015)

나

마음밭에는
키우고픈 것만 자라는가 싶었는데
그게 아니야

쓸데없는 잡초도 자라고
가끔은 심술보가 출연해
버럭버럭 소리 지르는 거야

우거져 가는 마음 깊숙이
웃음소리가 끼어들 땐
행복이 쑥쑥 자라는 것만 같아

그럴싸한 오솔길 위에
햇살이 반짝이면
춤출 듯이 기쁘기도 하지

스쳐가는
크고 작은 상처를
탓할 수가 없어

아직은
생각이 자라고 있는
중이니까.

박덕은 作 [마음밭](2015)

꿈꾸는 자유

옷차림이나
생각이
나이에 어울리지 않아도
오늘만은 예전의 세월대로 입어볼까

평범한 지루함에
그 상상들이 즐겁게 해주지 않을까
무언가 몰두하는 동안이라도
행복하면 되는 거 아닐까

무엇이든
꿈꾸지 못할 이유가 없는 거니까.

삶

잠자는 혹성惑星으로
소풍을 간다

이미 미아가 되어 버린
사막의 석화 위로
통통한 음영을 드리운 채

시치미 뚝 떼고 가는 세월
오늘보다는 내일이 좋겠고
내일보다는 먼 훗날이면 좋겠다

기약 없는 여정의 오후는
겨울비 속 도봉산이
나락으로 떨어져 가는데

너와 나는
망설이지 않고
여태 본 적이 없는 마음을 열어 가며
혹한의 길을 걷는다.

참새

우듬지에 모여 앉아
세상을 궁금해 하다가
어디론가 떠나지

바쁜 날갯짓은 하늘가에
까맣게 말없음표를 남기고
구름 사이로 사라지지

파란 하늘에 빠져
산과 강을 넘나들며
위험한 길을 날기도 하지

어둠이 오면
소리마저 잠겨 들어
환청의 화음만을 전하지

불빛의 환희를 만나면
칼처럼 떨어지는 유성과
방랑의 나라에서 안식을 만지작거리지

아침이면
머리 길게 둘 곳 없어 분주해도
목이 마르기 전까지
아름다운 그 소리로 다시 귀를 적시지.

박덕은 作 [환청의 화음](2015)

메아리처럼

찬바람 드나드는 하얀 골목길
턱까지 차오른 숨 고르며

함께 서성이는
세월 먹어 소탈해진 그리움

하고픈 말 살며시 내뱉으면
또그르르 구르고 굴러

순백의 처연함 드리운 채
작은 눈사람으로 서다.

나쁘지 않아

재미와 감동의 여운으로
평범하게 좋은 드라마가
반전의 반전으로 목을 멘다

반전이 없는 작품은
시시해서인가

예상치 못한 범인이
멀쩡했던 사람이 불치병 환자로
죽은 줄 알았던 사람이 살아 돌아오는
이 지독한 충격들

끝까지 감상하고 있는 나도
어느새 익숙해져
그걸
즐기고 있는 건 아닌가.

내 나이

버려지는
습작지를 무심히 보다가
내 나이 64세
서너 번 쓰여 있는 걸 보았다
친구들은 풀밭을 걷거나
책을 보거나
시를 쓰거나
그냥 그날의 만남과 놀고 있었는데
나는 짬짬이 나이를 세고 있었나 보다

내 나이
신문지 아래로
숨어들었다

파지와 플라스틱 분류가 끝나고
엘리베이터 앞에서 중얼거렸다
내 나이 64세라니

아직 꿈길에서 어른아이로
간간이 고향 언덕 오르내리고

방실방실 웃기도 잘하는데
한창 좋은 친구인 책을 끼고
옛 동산을 찾아
온종일 쏘다니기도 하는데
내 나이 벌써 64세라니.

박덕은 作 [옛 동산](2015)

닮았다

기와집이나
아파트의 문 잠금이
안쪽에 있는 것처럼

마음의 문도
안에서 열어주지 않으면
만날 길이 없다

문을 걸어 잠군 뒤에는
열기 두려워 겁내고
갇힌 채 답답해 한다

아름답고 좋은 일은 다
문 너머에 있는데
문밖에는 사랑하는 이가
저리 기다리고 있는데.

서울

그럴 듯한 소유와
멀어지면
어느새 외로워지는 곳

그런 것 같아서
주눅이 드는 곳

밑 빠진 독의 갈증을
외면할 수 없어서
한없이 뒤척이는 곳

나만 가질 수 있는 걸 찾아서
세월이 흘러도 낡거나 시들지 않는
시간 안을 손짓하는 곳.

제3장
연애

박덕은 作 [연애](2015)

그대에게 부치는 편지

느슨한 흐름에도 멀미하는
저 구름을 보아요

쭉 뻗은 칼날 같은 생각을 구부려 가며
그리움의 냄새를 베어내는 동안에도
백풍에 말려 떠오르는 저 떨림을 보아요

가늘고 긴 허리의 고개를 숨가쁘게 넘으며
그대 오가는 길이 지워질까 봐
산허리 둥치 위에 맴돌고 있는 저 바람을 보아요

마치 그대 처음 만난 그날처럼 꼼짝 못하고
오랜 기다림으로
잔뜩 웅크린 저 두꺼운 맘을 보아요

물 한 모금 축이지 않고 혼자 앓다가
처음 불리워 나간 걸음으로
비틀거리는 세상으로 내려서는
저 삭정이 같은 추억을 보아요.

열하루의 달

마음이 기울어진 채로
서로 들여다본다

애쓰지 않아도 어느새
하얗게 젖은 빛이 슬픔으로 내린다

함부로 눈을 맞춰
푸르스름해진 눈시울에도

달려나와 놀아 주는
나의 알몸에도.

어떤 초대

산새 휘젓듯 지나간
한여름 창가
들여다보면

유년의 꽃밭에는
언제나
연둣빛 메아리가 들려오네

누군가와는 시작하고
누군가와는 헤어지고
서럽고 치열하게

사랑이 구르는 소리와
으스러지는 설움과 입맞추다
한 움큼 남은 햇살 쥐어 보니

산그늘 어디쯤에
가슴 쓰다듬듯 다가서는 노을빛
그 앞에서

소리 없이 웃든지
소리 내어 울든지

바람결에 흩날리는 벚꽃처럼
흔들리며 낮게 떨어질 일이네
사뿐히 멀어지는 눈발마냥
가뭇가뭇하게.

텔레파시

둘러싸이듯
혼의 언어들이
다가온다

이름도 불리기 전에
언덕으로 달려가
맞이한다

아무래도 좋다
축축 늘어지는 망망한 정신에
이끌린다 할지라도

이마 짚어 가는
어지러움 속에서
상상 속의 한순간을 알아볼지라도

내밀한 자백처럼
나직이 울려오는 그 음성들을
다 알아들을 수 없을지라도

흔들려도 좋고
휘청거려도 좋으니
부디 그 마음을 느낄 수 있기를.

박덕은 作 [바람의 언덕](2015)

어떤 귀가

눈에 보이지 않는
시간 여행

만져질 리 없어서
기다릴 수 없어서

기다려도 오지 않아서
아주 올 것 같지 않아서

이러다 먼 훗날
나마저 없어질 것 같아서

너로 인해 남은 나를
만날 수 없을 것 같아서

얼굴 붉히는 들녘 걸으며
연기처럼 너를 날려 보낸다.

생각

살가운 추억과
온기가
함께였던 시간보다
그렇지 않은 시간이 더 길어진 요즘

가물가물한 기억들이
화선지 위로 먹물 번지듯 번져 간다

묵직한 그리움의 통로가 되어 주는 하늘은
아직 어둠을 불러오지 못하는데
서녘 보름달만 두둥실 떠 있다

이런 날이면
고요를 물고
창밖의 달을 보듬으려나

환한 마음들이 달빛에 흔들려 가며
구름 같은 안개로 피어나는
아침을 기다린다.

바람

누구를 만나거나
무엇을 해도
항상 너는
내 속으로 날아와 있다

고리처럼 이어지는 감정들이
마알갛거나
그냥 지나치는 행렬로
울고 웃는 생각을 나른다

수평을 이루어 같이 느껴 보는
그윽한 눈빛을
뜨겁게 바라봐 준 적 없지만
나와 바닥 사이를 우아하게 날기도 한다

나와 낯선 나를
샅샅이 뒤지고 다니는 너는
돌아와도 바람인 바람으로
나와 멀고 먼 길을 가는 중.

내 청춘

어느 날
내 둑으로 물이 넘쳐 스며들었다
그날로부터
눅눅해진 날들이 시작됐다

활활 타지 못한 불꽃은
연기만 솟아오르는 그을음뿐

그것마저 허상의 춤을 추다
사그라지고 또 사그라져 갔다

피식피식 쓴웃음 내비치면서
강한 후유증을 질질 끌면서도

끝내 나를 버리지 못해
환한 불꽃으로 피어날 수 없었다

그러다 보니
나는 충분히 젖어 버렸다.

담쟁이

봄길 걸을 때
말없이 깊은 시름에도
살고 싶다 새순 펼쳐 오르더니

한여름의 다정한 안개비 못 잊어
어느새 이리
붉은 몸 되었나

바람에 잎새 몇 장 떨구기 시작하더니
어디로 가는 길이기에
이리 자꾸 쏟아지기만 하는가

핏줄로 이어진 끈끈함이 솟구쳐
눈물겨운 이 저녁에
우수수 우수수

그리운 언어들이 근육질 걸음으로
무엇을 더 알고 싶어
이리 걷고 있는가

이러다 어둠 속으로
아주 돌아가는 길이
되지나 않을까

가는 길 묻기 전 그리 온몸 다 내려놓으면
세상 부러울 것 없는
생의 마지막 온전한 내력이 될까

너에게
가장 필요한 그리움처럼
첫눈같이 내리는 내 사랑처럼.

야생화

마침내 길 하나 열었다
누가 먼저랄 것도 없이
바람이 미처 다 불기도 전에
허공에 노 저어 향기 얻었다

간간이 지나는
사람 냄새가 반가워
발자국 뒤밟아 귀 쫑긋 세워
얘기 흐르는 길 따라나섰다

들리는가 듣는가
서로 보이지 않을 때까지
손을 흔들며
먼 들판 위를 내다보았다

살자고 하는
살아가자 하는 속삭임들이
살풋이 머리꼭지 위에
간절함의 이름꽃을 매달았다

땡볕이 몸을 찔러도
치달리는 연민에 걸려 넘어져도
눈물이 채 되기 전에
환한 눈꼬리로 눈웃음 찍고 있었다.

박덕은 作 [먼 들판](2015)

빗속에서

우두두득
비가 온다

반지르르 터질 듯한 표정으로
술 취한 고백을 퍼붓던 그날처럼

뺏속까지 비워 내려는 의지로
팽팽히 부풀려진 혈맥을 더듬거리며

온전히 서로의 문을 열어젖히고
세상 밖으로 달려간다.

시인아

말과 먹거리로
무슨 말을 뱉었느냐
무엇을 먹었느냐

세상의 중심에 서서
입만 있고 귀가 없었느냐
귀만 있고 입이 없었느냐

둘 중
너와 나는
누구였느냐

입에서 입으로 귀에서 귀로
감각에만 매달린
물방울은 아니었느냐.

깨달음

왜
모든 존재는

부동不動일 때
시시한 걸까.

부부싸움

꿈의 실체를
스스로 파기하라

건잡을 수 없이
거센 물살에 섞여 들어
아수라장같은 오열로
목줄기를 자극하라

가슴속 지펴진 불덩이로
이글이글
세력을 넓혀라

허리 움켜쥘 만한
실수담 늘어놓으며
한바탕 웃음으로 뒹굴어라

흐르는 눈물 방치한 채
두둑한 배짱만으로
모든 틀을 간단히 뭉개 버려라.

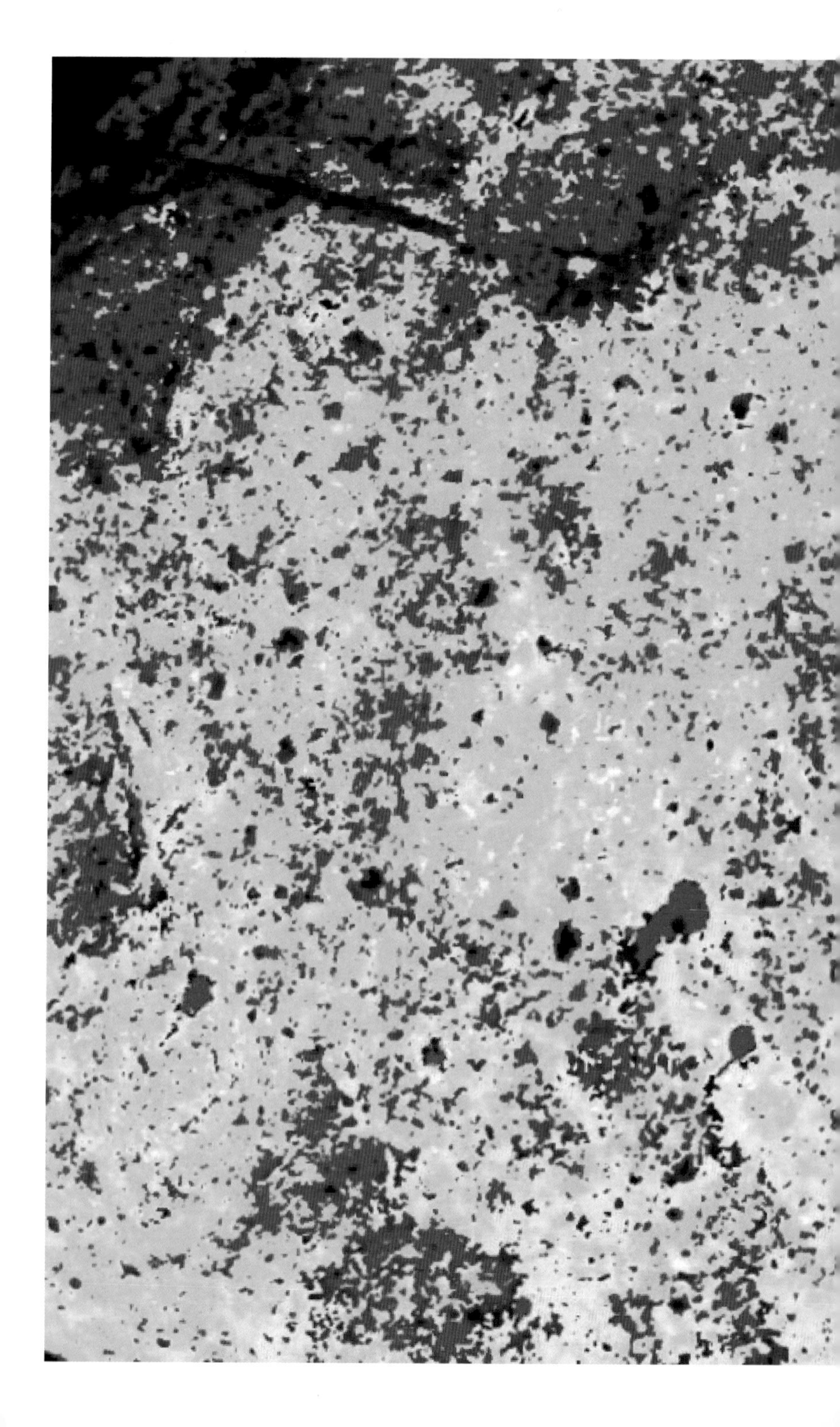

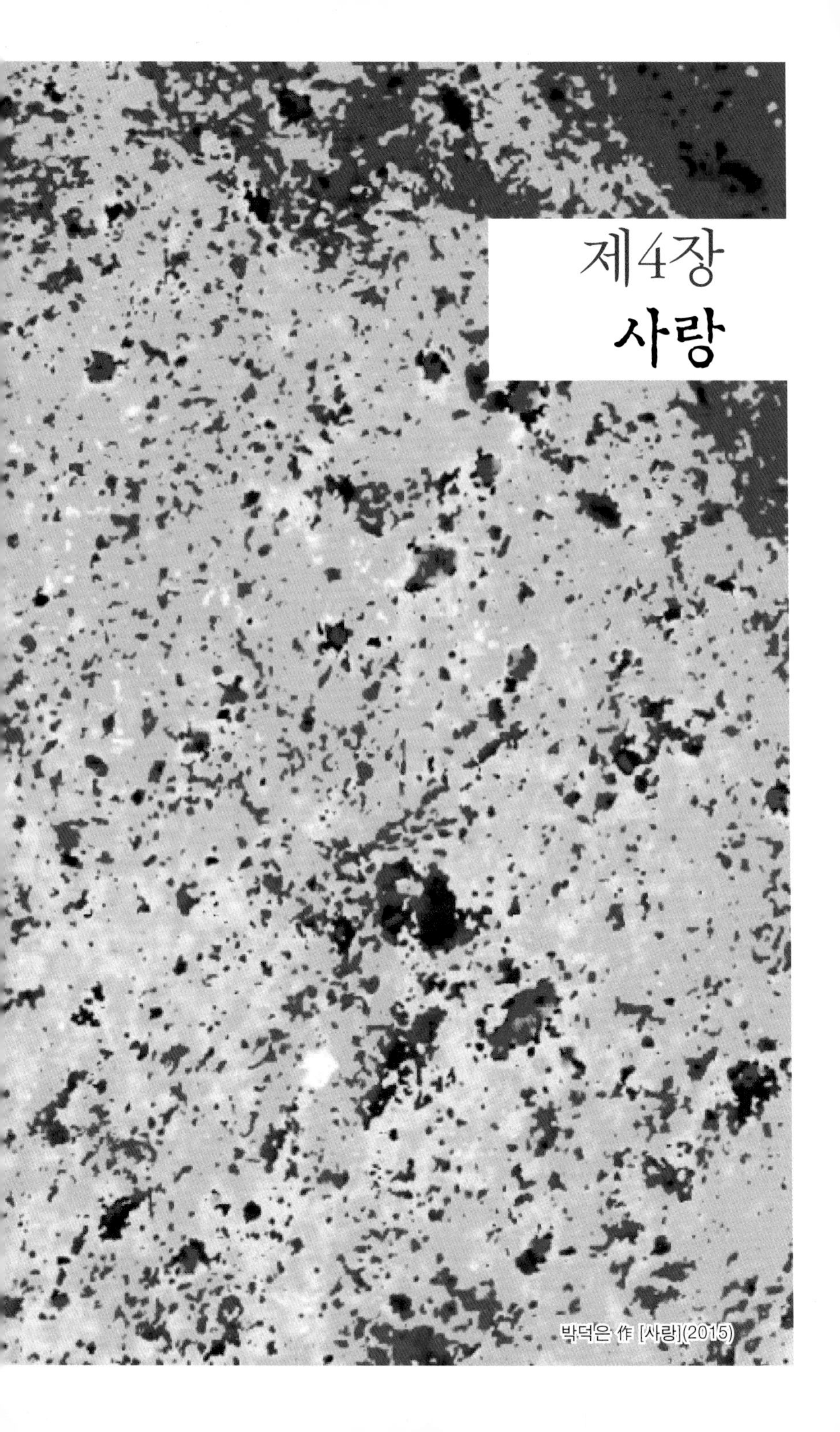

제4장 사랑

박덕은 作 [사랑](2015)

그 누가 다녀간 것일까

탱자나무 꽃 아래 서 있었소
조용히 하얀 꽃잎으로
마주하고 있는 그대도 보았소
그대와 나 사이를
지나가는 구름도 마냥 행복해 하였소
그 현기증 느끼던 그때같이
옹알거리며 흐르는 실개천에 휘어 감기는 오후와
어우러져 뒤척이는 꽃잔디
그래요
그렇게 무언가 울렁이는 숨소리
그런 느린 걸음이었소
햇살 가득 덮인 밭고랑 길게 걷노라면
그립고 아팠던 순간이 팔짱 껴 와도
낙서 흘리듯
노을 물든 꽃잎 편지로 누우니
혼자가 아니라는 거
이만하면 족하지 않소.

그리움

발길 닿는 곳마다
꽃이 핀다는 걸
눈치챈 순간
어찌할 바를 몰랐어요

마주하고 있는 꽃들이
향기로 말을 걸어오면
꿈꾸듯 마음은
춤추기 시작했어요

사뿐히 올라앉은 추억들
방울방울 이어 달고
새살 자라도록
햇살 향해 흥얼거렸어요

웃기 힘든 마음까지
꽃길 위를 넘나들며
나란한 보폭으로
먼 길 걷고 있었어요.

고마워

당신은
나의 벽

어느 날은
묵직한 담장 너머로
고운 메아리 보내지만

어떤 날은
나지막한 목소리 속에
굵직한 가시가 박혀 있으니까

그래도
아무런 반응이 없을 때보다
훨씬 괜찮아

되돌아오는
반응이
나를 살게 하니까

오늘처럼

'미안'이란 말을 듣게 되리라곤
꿈도 꿔 보지 못했으니까.

박덕은 作 [고운 메아리](2015)

시뮬레이션

다
내려놓지 못하고
산다

사랑은
이상 속에서만
영원한가

토닥토닥
서로 다투어
하나될 수는 있을까

가슴으로 느끼는
화합의 끝을
만나볼 수는 있을까.

타이밍

사랑을 말할 때도
이별을 말할 때도
싫은 말을 할 때도

하고픈 말을
그때그때 못 꺼내 놓아서
늘 바보 같네

말을 꼭 하고 지나가야 하는데
자연스레 시간을 만들지 못해
하루하루 눈치만 보다가

정말 오랫동안 벼르고 별러
저질러 버린 그날이 하필
눈치 없이 그가 몹시 아플 때였네.

들르시게나

먼 산에 진달래 피면
봄빛 번져가듯

빗소리 멀어져 가면
서녘 하늘 떠오르는 무지개로

빈 가슴 포개고픈 가을이 오면
바람 따라 길 나서는 낙엽으로

아주 오래된 별 뒤지다 잠드는 창가에
살고 싶어하는 별 하나로 그렇게

부디 오래도록
아주 길게 머물지는 마시게

눈 내리는 기차역 어디쯤
내가 다시 서성거릴지도 모르니.

사랑하니까

첫눈 오기를
기다린다

기다린다고 해서
내리지는 않지만
내려야 한다

기다리다
내가 첫눈이 되어
쏟아져야 한다

더이상 기다릴 수 없는
수북이 쌓인 기다림을
첫눈 속에 묻어 두기 위해.

당신에게 · 3

오늘밤은 당신이 달에 들었습니다
달빛 향을 물고 나는 잘 있습니다
잘 계신가요
안부 묻습니다

그날 이후에도
나는 뜨거운 밥을 먹고
추억으로 많은 시간을 보내고
여전히 책상에 앉아 시를 씁니다

정겨운 오후 햇살을 놓으며
해거름 여며 가는 이야기들이
그리움 그대로 마음에 맺혀
품안에서 춤을 춥니다

손 뻗어 닿을 수 없는 곳으로
자꾸만 뻗어 가다가
아득하지만 가까이 있음을 나는 알아
그림자 향해 창문을 엽니다

당신이 환하게 웃으면 따라 웃고
당신의 어둠이 익는 날은 두 눈 감고서
조용히 그 가슴을 헤아려 봅니다.

박덕은 作 [해거름](2015)

만남 · 1

들여다보았다
마치 사랑하는 이를 부르는 듯
부드럽게

세월은 세월을 닮아서
눈앞에
불리어져 나왔다

헤어진 사람과 길모퉁이에서
갑자기 마주친 듯
멍하니

서로가 서로를
알아보게 되었을 때에야
비로소

책상 앞에서
커피만 마시던 별을 꺼내어
서로의 가슴에 건넸다.

만남 · 2

블로그에서 그녀를 발견한 후로
보름이 지나서야 다시 볼 수 있었다
마음 알릴 때는 종 대신 확성기를 쓰고 싶었지만
잠에 묻혀 깊은 꿈을 꾸는 종을 잊고 있었다
어디에도 없는 느낌으로 살아온 종이
눈까풀 파르르 파들거리더니
뜨거운 것이 핑 고이는 두 눈을 들었다
서로가 눈이 흐려 잘못 보았지만
나는 스스로의 회한을 감싸 안고
그녀의 들뜬 이마를 어루만져 주었다
구름 너머 열리는 세계와
기억의 노선을 만나기 위해
두꺼운 커튼이 드리워진 창을 열었다
지난 앙금들이 바닥을 구르며 헤엄치는데
누룩에 담긴 경이로움으로
몸속에 스며 달려드는 취기가 미소 지었다
어제와 오늘의 만남을 물으며
하늘 언덕으로 더 가까이
자라나는 마음을 바라보고 있었다.

그러다 말겠지 싶었다

내 감정에는 빈틈이 많았다
너보다 더 온전히
널 마음에 들여앉히리라 생각했다
원망도 할 수 없을 만큼
내 멋대로 좋아해 버린 가슴은
빨간 횃불 밝혀 들고
다른 사람이 살지 않는 꿈속에서
늘 불꽃으로 날아다녔다
까만 눈망울에 물방울 추를 매달고
덜커덩거리는 소리 앞세워
통돌 널린 바닷가로 달리곤 했다
바람만 무성히 키워낸 그해 시린 겨울엔
부르지 않아도 다가서는 발자국에
어디가 아픈지도 모를 눈물을 흘려야 했다
돌돌 말린 채 소리 없이 사위어 가는
지도에도 없는 땅 위에서
그래도 남은 꿈을 꾸었다
어느 날 하늘에 배를 대고
질기고 먼 인연을 더듬거리며
가고 싶다는 곳의 좌표를 찍어대며

시간의 층계마다 엎드려 있는 빛을 풀어헤쳐
낡은 인화印畵 작업에 중력을 실었다
극진한 내 삶의 일부인 푸른빛을
다시 만지작거리며.

박덕은 作 [남은 꿈](2015)

중년의 나

첫사랑만 끼고 살다가
아린 고독에 휘말려
시들시들 말라가는 가슴에
'몹쓸년'이라는 흘림체 휘갈기며
나는 한없이 내게 미안해 한다
왜 그렇게 살았느냐고.

메아리

뒤돌아선
너의 눈빛을
노래하기 시작했다

순간에 휩싸이는 충동
그 의미 있는 암호를
풀고 싶어서

꾹
누른 환희가
안달하는 몸부림으로

제때에 제대로 살아내지 못했던
시간이 시간을 불러내어 펼쳐놓은
그 무엇

오늘은
오늘만큼은
알아낼 수 있을까.

나의 노래

카카오톡 채팅 칸 살짝 찍으면
침묵으로 환생하여
가슴 저며 오는 그대여

시원한 바람 따라
갈잎이 온 산에 가득하면
개암 내음 나는 그대여

제비처럼 돌아와 마주한
추억의 두 눈 속에
바랜 그림으로 있는 그대여

새떼처럼 날아올라
어디로든 길 떠나기 위해
늘 이별을 준비하는 그대여

노을 뒤편을 드나들며
붉게 물들어 쏟아지는 안부를
물끄러미 쳐다만 보는 그대여.

좋으리

나뭇가지에 보고픔 걸쳐 놓고
온종일 바라보아도
좋으리

바람이 많이 부는 날에는
안타까워 큰 눈물 흘려봄도
좋으리

키 낮은 풀들과 나란히
외로운 떨림을 느껴도
좋으리

꿈결인 듯
낯익은 내음에 묻혀 잠들어도
좋으리.

살아 있는 소크라테스에게

그날 그 자리
너의 몸짓에 끌려 나와
내 주위를 맴돌던 무언의 말 한마디
처음부터 행당동 언덕을 오르는 것이 아니었어
차가운 계단에 쪼그리고 앉아
너에게로 휘어지기 시작한 마음은
크나큰 실수의 시작이었어
순간에 마음속 큰 산이 되어 버렸지
산그림자 드리워 놓은 너는 침묵만
그럼에도 불구하고 날마다
그리움 키우는 기울기가 되어
뿌리박고 나이테 늘려가며
구름 위를 올려다보곤 했지
너의 부재를 견뎌내며
싹을 내밀어 잎을 내고 낙엽을 떨구는
매운 시간을 보내야 했지
이제 너의 고고한 변명을 들으며
긴 세월 정박 중이었던 해묵어 낡은 어선은
죄 없는 계절을 방울방울 엮은 채로
웅웅거리는 바람의 균형을 잡아

너른 바다 향해 시동을 걸었지
이리저리 오가는 게 인생이라고
하얀 거품 입에 문 파도가 말을 하려 했지만
출렁이며 울고 있는 슬픔은 그래도
강한 삶의 힘이 너였노라 일러 주며
상실감을 헤치고 살아남았던 그때처럼 여전히
살랑대는 환청에 귀기울이고 있었지.

알고 있니

꽃이 피고 질 때
사랑을 다 쏟아내는 이유를

나무의 열매가
소중한 꿈을 이루기 위한 노력임을

아파도 웃으면서
흔들리면서 숨겨 온 눈물을

꽃이 되는 것
열매를 맺는 것
그 눈빛이 다 보이진 않지만
수없이 되뇌는 말들이 다 들리진 않지만

이 세상엔 남모르게 자라나는
슬픔이 너무 많다는 걸.

지금은

나의 너를 노크한다
꽃다운 청춘은
괴로움 속에서도
얼마나 큰 즐거움이었느냐

어느 날
기쁨인 것을 알았다
시를 알아본다는 일이
시인과 담소하며 시를 엿본다는 일이
시를 읽으며 눈물을 흘린다는 일이

회석처럼 굳어져 있는
옛날을 다독이며
그리운 것들을 따르는 지금이
꽃다운 청춘 못지않다.

꿈의 하루

계단을 타고 쏟아져 내린 생각들이
목울대 두드리는 메아리 속으로
찰랑거리며 하나둘 떠나죠

야위어 가는 불빛과 눈빛들이
서로가 서로를 확인하며
작은 공간에서 숨쉬는 방법을 기억해 내죠

더러는 선반에 마음 올려놓고
더러는 손잡이에 매달려 보고
더러는 빈자리에 앉아 잠들기도 하죠

무거운 눈꺼풀엔
높지도 낮지도 않은 선을 그어
자기를 앉혀 쉬는 연습도 하죠

아물아물
하얀 침묵 마디마다
그림 같은 그리움을 그리며.

물레방아 사랑

무딘 심장으로 발걸음 내디디며
아무도 더이상
상처 주지 못할 거라고
중얼거렸습니다

연둣빛 이파리들이
터질 듯 부풀어오를 때나
흐드러진 노을빛이 드리워지면
아주 조금씩 울곤 했습니다

긴 세월 뒤
기억을 털어 버릴 순간이 와도
그를 그의 것만으로 놓아두지 않겠습니다
결코.

유월의 장미 · 1

담장 꼭 껴안고
울타리에 걸쳐진 그림자로
마음을 포갠다

비 나려 늘어지는 오후엔
그간의 이야기를 빗물에 풀어놓자
이파리 속은 애틋함으로 홍건하다

그리움 겹겹이 쌓인 그대로
멀리 먼 곳에서
떨어지는 꽃잎 한 잎 두 잎
되돌아가는 자기 발자국 소리만 듣는다.

유월의 장미 · 2

누군가 말을 건네 오면
새로운 고백이 담장을 끼고
뙤약볕 아래서 맴을 돌고

마디마디 모아진 그리움은
긴 목에 힘이 부쳐
서러운 말 낭자하게 흘리고 있다

하늘에 떠도는 구름도
추억에 물들여진 빨간 사랑도
잠시 발걸음 멈춰 그리워하고

올 수 없다는 것을 알면서도
누군가를 기다리는 담장 모퉁이에는
기도가 쌔근거리고 있다.

제5장
이별

박덕은 作 [이별](2015)

공중 산책

저 멀리 불빛 저만큼
창문 열고 서서 말갛게 사윈 달 바라보며
빨리 달리는 그 소리를 듣는다
철거덕 철거덕

아릿하게 뒤섞인 불빛 줄기는
차바퀴마다 바쁘다는 기척을 깔며
하나둘씩 사라진다
철거덕 철거덕

서로가 특별한 약속은 없지만
허전하단 말도 남기지 못한 채
다시 돌아오고 있는 이들처럼
철거덕 철거덕

정적의 시간으로 메워진 거리에
가로등과 나란히 깊어진 불빛들이
뿌연 눈시울로 쏟아져 내리며
철거덕 철거덕.

그림자

굳어진 어깨 아래
팔짱을 끼며 다가선다
주먹을 휘두를 수도
들것에 태워 버릴 수도 없어
지금 당장 승부 내려는 마음을 접는다
주춤거리며 문고리 잡는
너의 모습에 눈길을 고정한다
다시 돌아보지 마라.

그렇게

흐르는 바닷물은
그냥 그대로 흐르라

갯벌 밟고 지나
초소를 들러보는 바람도
그냥 지나라

이름 모를 들풀에
엉겨붙은 조금 남은 가을도
그냥 떠나라

이리저리 기웃거리다
돌아서는 계절을 만나

그리 서러울 것도 없는
시린 순간들을 내려놓고

앙상한 가지에
몇 개 남은 감처럼
쭈글쭈글 말라갈 때

제 주름 접어 가며
가까스로 서로를 알아보다가
총총

저물어 가는 바람으로
떠돌다 가라앉아

지극한 여정에
서리 맞은 들국화마냥

어둠 속에 묻혀
그냥 사라지리니.

방관자

불같이 화를 냈다가
드라마 속 악역들에게조차 파르르 했다가
감정의 기복을 보며 어쩔 줄 몰라 했다가
아무 소용없는 일이 세상에 많다는 걸 알아가면서
답답해 화를 내다 좌절하는 일이 늘어나면서
오히려 사소한 일에 마음이 고요해지고
아파할 일에 그저 다독이는 마음으로
어차피 안 되는 일 힘 빼지 말자고
지나치게 서둘러 외면하고
지나치게 빨리 익숙해지고 있는 나.

이별 · 1

공중으로 도약하기 직전의 새처럼
몸무게가 가벼운 것은 축복이다

누리던 그만큼의 무게를 내려놓고
가볍게 하늘을 난다

헛디딘 발길에 아직도 생면부지의
스쳐가는 얼굴들을 뒤로 한 채

모닥불 앞에 두 손을 쪼여 가며
지금을 외면한 채 먼 곳을 응시한다

유유히 깃을 치는 날갯짓도
부드러움으로 팔락이며 훨훨훨

파란 투명함 속으로 흘러들어
눈부신 구름 사이로 춤추듯이.

이별 · 2

다시 오리란 다짐도 없이
서로는
어디론가 바삐 떠나고 있다

지나온 길 위에
걸었던 전부가
다일 수는 없어도

같이 걷지 않아도
잠시 어깨를 나란히 한다면
가져가는 그 마음이 나란한 걸까.

배반

허공의 문 닫고
되돌아올 수 없는
편도마저 끊긴 떠돌이

만삭으로 북적거리는
꿈의 높이를 조정하는
이곳

와글와글 끓어오르는
억센 근육질에
휘감겨진 채

너무 멀리 와 버린 것들의
뿌리 움켜쥐고
더듬어 가며

더 큰 만남을 예감하는
어둠의 소리에
휘청거릴 뿐.

이제 우린

너 대신
해 지는 강가와 하나가 되어
아득함을 물결에 실어 보낸다

더 길어질 수 없이 길어진 목으로
시린 광풍 위를 떠돌아 보아도
이제 가을은 철도 아니다

이루지 못한 간절함이
하얀 울음으로 강둑에 숨어 맴돌 뿐
이제 우린 아무것도 아니다.

불면증

새초롬히 한밤중을 껌뻑이는 너는
애원 담긴 연민으로 부옇게 살고 있다

네모난 창문 열어 너를 불러들여
미로 같은 하얀 깃털을 달아 준다

버리려 해도 버려지지 않는
서로 덧껴입은 슬픔과 마주하여

눈빛 속에
너 하나 들여놓은 이 밤

하얀 영양제처럼 흘러드는 네 향기가
가장 지독하고 외로운 흉기가 되어

덫에 걸린 짐승처럼 허우적거리다
생의 불꽃처럼 사라지는 별똥별을 쫓는다

너는 지금 이 순간
내 생애 전부다.

표류

다하지 못한 언어들이 일렬로 누워
밤새 벽을 쌓다가 이내 눈물 쏟는다

뜬눈으로 견디는 가로등 아래서
여기 있는 이유를 서로 묻는다

달빛 담긴 얼굴에
뒤엉킨 무늬를 그려 넣다가
녹아내리는 한숨으로 어둠을 가르다
묶인 몸을 뒤돌아본다

잠시만 더 바라봐 달라 손짓하다가
흘러드는 아픔을 바라보기만 한다

혀에 녹아 배어 있는 그 말은
아직 온기가 남아 있는데

머물던 그날 그곳으로
살포시 되돌아가 마주하고 싶은데

어둑어둑한 가슴 품게 되더라도
따스하고 긴 눈맞춤을 하고 싶은데

웅크린 오한은 알 수 없는 파문을 그으며
한사코 하늘을 기어오른다.

박덕은 作 [표류](2015)

슬픔

한 줄기 어둠의 빛이 내려요
둥근 방을 내려와
튀거나 구르며 드나들어요
울렁거림처럼 쌓여
출렁이다 터지며 꿈틀거려요
깊은 바닷속을
마구 헤집고 쏘다녀요
커다란 파도의 몸뚱아리에
구멍이 숭숭 뚫린 채 뭉그러지며
허리 굽어 떠밀리듯 요동치네요.

외출

미지근한 세월로 헹구어 낸 얼굴
화장으로 옛날을 조금 가리고
무거운 구름을 밀어 버려
상큼한 꽃내음에 꽂힌 듯 일어선다
너무 늦게서야 기지개를 펴
늘어진 오후가
두 팔이 날갯짓마냥 좌우로 흔들린다
화사한 꽃과 춤추는 나비 품으로
안팎의 시간이 나를 통째로 들어다가
무작정 밀어넣는다
아름답게 느껴지는 순간을
만나 보라고.

나이가 말했다

한 걸음이
다섯 발자국만큼이나
뒤처져 보인다

걸음을 잠시 멈췄고
두 발을 물끄러미
내려다보아라

뭐 그게 그거지
어차피
가는 방향과 거린 같으니까

왼쪽 어깨에 닿았다가
오른쪽으로 사라지는
깃털 같은 시간 위를 걸으며

닿을 수 없는
간격을 탓만 하다가
그저 꾸던 꿈을 꾸기로 했다.

유월

지척에 푸르게 와 있는
발자국 소리
나뭇가지에 스치는
싱그런 웃음소리

아아
네가 돌아왔구나

여리게 점화된 연둣빛으로
꽃의 떨림으로 자박자박
다정하게 다가서는 너의 숨소리

꽃들이 붉은 말들로 중얼거리니
너와 나는 아직
아주 헤어지지 않았구나.

여름

무엇을 얘기하러 내게 오는가
추억을 실어 놓으려
오는가

꽃 한 다발을 들고
굵은 소낙비 속으로 걸어와
꿈꾸듯 정원을 치장하고는

피고 지는 꽃을
묵묵히 지켜보다가
헤어지는 연습을 하라는 것인가

무엇을 얘기하러 내게 오는가
그리움을 옮겨 심으려
다시 오는가.

깊어가는 가을에

바쁜 걸음으로
갈바람 속 손짓 하나로
여름이 떠나도 되지
않겠는가

더러는 푸르름으로 남아
낙엽 번지는 소리 들어가며
눈물 닦아도 되지
않겠는가

돌아오리란 그 거리만큼
흔들거려 앙상한 몸짓으로도
기다릴 수 있지
않겠는가

저 하늘 끝의 거리라 해도
뼛속까지 파고드는 그리움 속
진저리치는 이 계절과
사랑을 다시 나누어야 하지
않겠는가.

비바람

바람이
운다

이런 날은
누군가가 손을 흔들며
찾아올 것만 같다

이미
다녀갔는지 모른다

술렁이는 거리로
흔들흔들 나서 본다

서로를 쫓아 배회하는 중
같은 말을 되물어 가며

대꾸도 없이
비릿한 내음 풍기는
얇은 막 앞을 서성이며

어제도 오늘도
아파트 몇 바퀴
울면서 돈다.

박덕은 作 [바람이 운다](2015)

가을 편지

외로움은
길 끝 어디쯤에 우체통이 보이면
곧장 이 마음을 붙이려 한다.

가을은

모든 것을 받아들이고
모든 것을 내어준다

어느 곳은 후하고
어느 곳은 박하게 지나치지 않는다

흩어지는 낙엽 위에도
웅크려져 밟힌 지심에도
안식을 빌어준다

긴 편지를
읽어주는 몸짓으로 다가서지만
아무것도 남기지 못하고
내 안에 향기로만 남아
머무는 바 없이 마음만 남긴다

유창한 세월을 건너가는
종소리의 여운 같이
모든 이의 허물을 덮어주고
큰 사랑을 남기려는 것처럼.

슬픈 삐에로

끝내 등을 보이며
비틀대는 취기 속에서
무언가를 끝내야 했는데
혹시나 연민자락을
늘어뜨리지나 않았는지

이제
더이상 서성이지 않을 너
이탈의 담장에 엉키고 풀어놓은 시간처럼 지나가고

습관대로
담장을 눈여겨보지만
이제는 눈에 띄지 않는다
처음부터 예고된 슬픈 궤적들처럼

무모한 비행으로
스스로의 여름을 탕진하고
가장 높은 곳으로부터 뛰어내리며 즉사해 버린 후
아픈 마음만 남아서 훌쩍훌쩍

추억의 줄기세포까지
잘려지는 걸 느끼며 그래도
추억의 채널을 눈여겨보며
컴퓨터 글자판을 두드린다

이미 서로의 자리에서 멀어져
지금쯤 또 다른 추억을 만들겠지만.

박덕은 作 [추억](2015)

나를 만날 때

마음 시키는 대로
강물에 나를 버렸다

물길에서 만나는 연민을 데불고
이곳저곳을 부유한다

찬란한 풍경에 마음이 멈추면
지치도록 바라보며

아름다우면 아름다운 대로
애처로우면 애처로운 대로

한여름의 소낙비가
걱정이 넘쳐 둑을 넘나들어도

따스하고 편안함이
메아리처럼 되울리는 강가에서.

낙관

부서진 자리로
생채기 나서
비가 새어들면

홍건히 젖어가는
쓰라림에
한숨이 깃든다

그 부스러기들을 주워
햇볕 잘 드는 곳에
펼쳐 놓는다

새살 돋을 때까지
기다리며
꾸득꾸득 말려 간다.

기찻길 옆에서

도봉산역에
눈이 내린다

눈발 몰고 온 바람에
치렁한 머리가 얼굴 덮어도
옷자락 끝에 머문 하얀 눈이 눈맞춤한다

느린 걸음들이 줄 잇는 역 앞에는
눈 껌뻑이는 잉어빵과
붉은 주름의 고구마가 낯선 이를 살핀다

엉금엉금 기어가는
아픈 마음들이 소리 없이 밟혀
허연 입김이 한숨으로 깔리어도
끝까지 울지 말아야 한다

불빛 다정한 어느 모퉁이쯤에서
따스한 추억을 불러내어 얘기 나눠야 한다

혼자가 아닌 둘이서

따스한 불빛 닮아가는 밤을 보내야 한다

시린 숨결은
아직 떠돌이로 밤하늘 떠도는데
역전에는 기차만 떠나야 한다.

박덕은 作 [아픈 마음](2015)

무제

존재한다
이곳과 저곳을 차단하고 서서

벽을 벽으로만 보면
문은 보이지 않는다

문을 만나기 위해서
다른 세상으로 나갈 수 있는
출구를 찾는다

새로운 문을 만난다는 것은
자유로운 바람이다.

용기가 필요해

홀로 서기 위해서처럼
누군가에 기대기 위해서도
도전이 필요해

우리만 인생을 위해
준비하는 것이 아니라
인생도 우리를 위해
준비할 테니까.

도봉산 산책

안개 낀 늦가을이 가라앉는 소리
지난날들이 한자리에 쌓여 밟히는 소리
공허를 건드리며 지나가는 소리
생의 고단함이 바닥을 치는 소리
떠난 어머니 가슴에서 무언가 꺼내는 소리
이제 더이상 드릴 수 없는 내 눈물의 소리
나무 뒤에 숨어 바라보는 첫사랑의 발자국 소리
슬픔의 물기 스민 기억의 소리
추억의 촉수가 돋아 오르는 소리
지친 마음을 묻어 보는 소리
산그림자 너머 산꿩의 날갯짓 소리
흰 눈이 몰고 올 누군가의 발자국 소리.

바람의 입질

거무칙칙한 나뭇가지 위에 앉아
알지도 못할 그리움의 무게로
전부를 길어 올리는 중에
가지 끝 무뎌진 시간을 조율해 본다
떨어지면 떨어졌지
다시는 서성거리지 않을 거야
그런데
더 낮은 아래로 기울기만 한다
몇 덩이 구름이 머리 위를 지나고
한낮을 지우고 솟다가 눈을 감는다
다시금 풀어진 시간의 근육을 모아
우수수 하얀 가루 날리는 풍경을 복사하며
바스락 바스락 그 사이를 걷는다
봄볕과 부대끼며 마음 펴고 접는 일을 반복한다
가지 끝에 추파를 던져가며 웃어 보다
날아오르는 깃털 같은 가슴 끌어안고
멈추고 떠나는 걸 잠시 잊는다 해도
이곳 어딘가가 내 자리는 아니었을까.

운명

중력重力을 들어 내리는 순간
일상과 충돌하여 부서지는
슬픔

떨궈진 상흔의 속삭임이
모욕이 아니라고 말할 때
미완성이 완성되듯

거리의 언어처럼
내게로 와서 한자리 차지하며
반복의 자유로운 날개를 단다

잔잔한 흐름으로
기적같이 살아 돌아온 우주에게
건넸던 말들이 되돌아오는 밤

절반의 말들이
하늘로 올라가 별이 되고
나머지는 온화하게 죽어간다

이젠
서로의 부재를 이어온
영혼의 눈이 멀어져도
서로의 감각을 걱정하지 않는다.

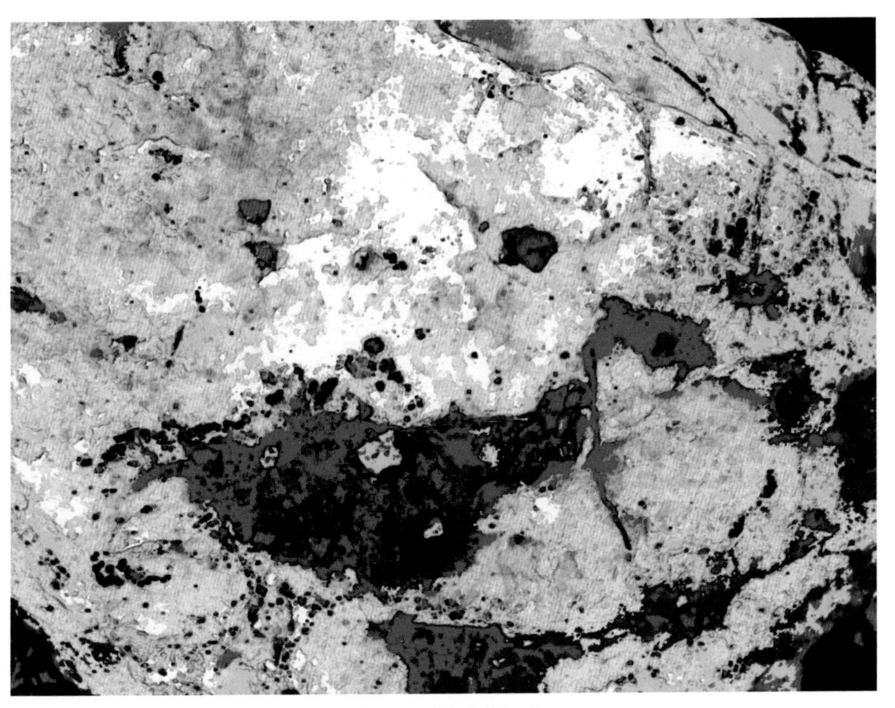

박덕은 作 [운명](2015)

산장에서

다가서면 없어지는 수평선처럼
아득하게 트인
커다란 하나의 뜨락 앞

생전에 무슨 원한 진 게 그리 많아
돌멩이를 쌓고 쌓아
아는 체를 했는지

구멍 난 하늘은
오늘도
온종일 비를 퍼붓고 있다

아예 없을지도 모를
소실점의 거리를 생각해 보니
애당초 나와 나는 따로따로가 아니었는지.

가을과 나

밤이 점점 깊어간다
홀로 앉아 커피 끓이는
나의 고독도 더욱 깊어간다

시의 맛을
커피의 맛만큼 모르는 나는
막 잠에서 깨어난 가을처럼
두리번거리며 황금빛에 실려간다

한여름 타고 건너온
붉은 세상 안으로
한참 빨려들어 가다가

이파리에
갈색의 시간이 채 도착하기 전
깊은 커피 내음 섞어 어설픈 색칠을 한다.

중환자실

뚝
뚝
떨어지고 있다

질긴 손길도
추락하는 시간도

출렁
출렁
호흡을 몰아가며

질기고 질긴
멍에만
주렁주렁 달고서

링겔에 고이는 집착을
싹둑
싹둑
자르며.

나는

머리가 복잡하면
단순하게 하루를 보낸다
기다리기 힘들면
슬슬 먼저 다가선다
말하기 싫으면
말하는 입을 보며
잠자코 듣는다
결정하기 힘들면
보이는 대로 밀어 놓고
쉰다
피곤이 풀리면
다시 바빠진다.

나는 시로 말하고 춤춘다!

사람은 무엇으로 사는가? 사랑으로 산다. 사람을 사랑하는 것은 기쁨이지만 엄청 고단한 일이다. 사람을 알고 난 후에는 그리워하고 그리워 할 사람이 없으면 외로워한다. 연애하고 사랑하고 이별하는 삶이 한 세트라면 각각은 출발이고 종점이 될 수 있다. 하지만 외로움은 워밍업이고 그리움은 뒤풀이일 것이며 선택이 아니라 필수인 셈이다.

그리움은 기다림의 동반자이고 외로움을 섞어 짠 양탄자 위의 창조자이다. 희망으로 점철된 사랑했던 사람에 대한 추억의 창고이기도 하다.

나의 그리움은 고향, 어머니, 자신, 그대 등을 대상으로 한다. 고향 앞 바다의 파도치는 소리에서, 산과 들녘에서, 눈물 같은 빗소리에서, 유년의 툇마루에서, 아카시아의 봄길에서, 장미 드리워진 창가에서 그리움과 기다림이 어울린다.

외로움은 사랑하는 사람이 없어서 느끼는 감정과

이별에서 오는 사람의 감정으로 인간에게 주어진 형벌이다. 이 벌을 피하려 연애를 하려고 안달하고 사랑을 하려고 복달한다.

흔들리는 갈대나 소슬바람이 불어도, 높은 하늘에 구름이 떠가도 외로움이 어디로 가는지를 묻게 된다. 한밤에 찾아오는 고독과 갈증의 결핍으로 인한 외로움들도 그렇다. 베란다의 말라가는 양말을 보다가도, 참새의 나는 모습을 한참 바라보다가도, 울음같은 비가 내리는 전경 앞에서도 깊은 외로움의 아우성을 듣는다.

연애는 그리움의 아들이자 딸이다. 연애는 사랑할 대상을 찾는 과정이다. 괴테는 연애는 교양의 시초라고 했다.

사랑을 선택하는 과정이 연애이지만 사람이 아닌 들풀의 흔들림과, 담쟁이와 바람, 빗속의 떨림으로도 사모하고, 춤을 추며, 연애를 한다. 야생화 가득한 언덕은 마치 거한 초대를 받아 걷는 걸음으로, 연애의 감정을 불러서 함께 행복한 에너지를 주고받는다.

사랑은 인생의 학교다. 사랑하면 상대에게 아름다운 열정을 바친다. 세상에 보이는 것은 너밖에 없다고, 가슴을 뜨겁게 하고 발걸음을 가볍게 한다.

첫사랑은 내공이 쌓여 있지 않는 탓에 방방 뜨다가 끝나기 때문에 실패가 당연하다. 첫사랑은 영원한 트라우마이다. 좀더 잘할 걸 그랬나? 하지만 끝없는 사랑도 사랑할 때만 성립되는 말이다. 그러다 말겠지, 꿈의 하루는 아름답다.

배우자에 대한 절대적인 사랑, 종교적 사랑처럼 눈에 보이는 게 없는 사랑이다. 지구촌에 사랑이 없다면 이미 사람이 없어진 지구다. 핏줄 가닥마다 사랑하는 당신이 흘러들어가 있다.

그 누가 다녀간 것일까? 그곳보다 더 나은 이곳은 없다, 그러다 말겠지, 들리시게나, 꽃피는 사랑을 알고 있니? 시뮬레이션으로 박음질하는 사랑의 이미지를 그려 본다.

이별은 슬픔이자 고통이다. 그러나 이별이 없으면 사랑은 절실하지 않다. 이별의 상처는 깊어서 영원한 트라우마로 남을 수 있다. 절교와 실연, 인연의 끝이 이별이다. 그 슬픔 때문에 꽃들이 죽는다고. 기차는 떠났다고. 나뭇가지에서 새가 슬픔을 노래한다고. 이별은 오만과 편견에서 출발한다고 노래 부르고 싶었다.

이별은 사랑의 추락이다. 나락으로 떨어지는 과정에서 이별은 가을의 옷을 입는다고 생각한다. 낙엽으로, 불면증으로, 편지로, 가을과의 채색 관계라고 말하고 싶다.

아픈 이별을 택하는 슬픈 피에로처럼, 배반은 꿈보다 높이 있다고, 이별에는 용기가 필요하다고. 어깨 위에 얹힌 이별의 슬픔은 표류라고, 지난 마음을 들여다보며 사그라지는 청춘 앞에서 어설픈 손을 흔들고 있는 나를 본다.

이런 감정들은 연가들의 무궁한 소재였고 앞으로도 그럴 것이라 여기며, 시라는 향기 속에서 기쁨과 슬픔이 녹여지거나 물들여지기를 스스로에게 기대한다. 잊었던 나를 찾아보는 어른아이가 꿈을 꾸는 그날까지 한없이 가슴 울렁이는 나와 만나게 될 것이다.

부족한 시를 읽어주신 분들과, 저의 소중한 인연들인 지인 여러분께 깊은 감사와 고마움을 느낀다.

2015년 8월에

전금희

한실 문예창작 문우들의 작품집

오늘의 詩選集 **Series**

오늘의 詩選集 제1권

화장을 지우며
강만순 지음 / 144면

오늘의 詩選集 제2권

또 한 번 스무 살이 되고 싶은 밤
김숙희 지음 / 160면

오늘의 詩選集 제3권

사랑의 빈자리 될까 봐
박완규 지음 / 144면

오늘의 詩選集 제4권

유모차 탄 강아지
김미경 지음 / 112면

오늘의 詩選集 제5권

이 환장할 봄날에
신점식 지음 / 176면

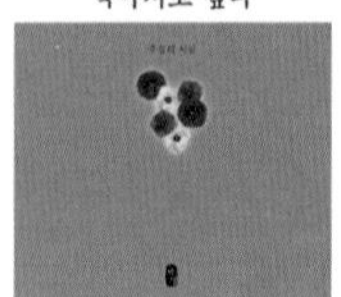

오늘의 詩選集 제6권

작아지고 싶다
주경희 지음 / 176면

오늘의 詩選集 제7권

가을은 어디나 빈자리가 없다
전금희 지음 / 176면

오늘의 詩選集 제8권

쓸쓸함에 대하여
이후남 지음 / 176면

오늘의 詩選集 제9권

바람이 열어 놓은 꽃잎

문재규 지음 / 220면

오늘의 詩選集 제10권

단 한 번 사랑으로도

이호근 지음 / 176면

오늘의 詩選集 제11권

할 말은 가득해도

최승벽 지음 / 176면

오늘의 詩選集 제12권

비밀 일기

박봉은 지음 / 176면

오늘의 詩選集 제13권

꽃만 봐도 서러운 그날

한실 문예창작 동인지 제8집

오늘의 詩選集 제14권

마냥 좋기만 한 그대

최기숙 지음 / 176면

오늘의 詩選集 제15권

풀꽃향 당신

김영순 지음 / 176면

오늘의 詩選集 제16권

유리인형

박봉은 지음 / 176면

오늘의 詩選集 제17권

보고픔이 자라고 자라서

한실 문예창작 동인지 제9집

오늘의 詩選集 제18권

첫사랑

김부배 지음 / 176면

오늘의 詩選集 제19권

나는 매일 밤 바람과 함께 사라진다
박덕은 지음 / 240면

오늘의 詩選集 제20권

오늘도 걷는다
유양업 지음 / 176면

오늘의 詩選集 제21권

내 사람 될 때까지
전춘순 지음 / 176면

오늘의 詩選集 제22권

처음 사랑
한실 문예창작 동인지 제10집

오늘의 詩選集 제23권

당신에게 · 둘
박봉은 지음 / 176면

오늘의 詩選集 제24권

그 누가 다녀간 것일까
전금희 지음 / 206면

개별 작품집

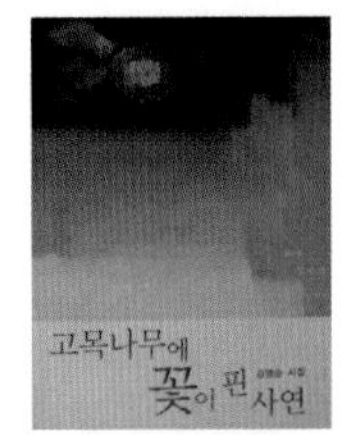

고목나무에 꽃이 핀 사연
김영순 시집

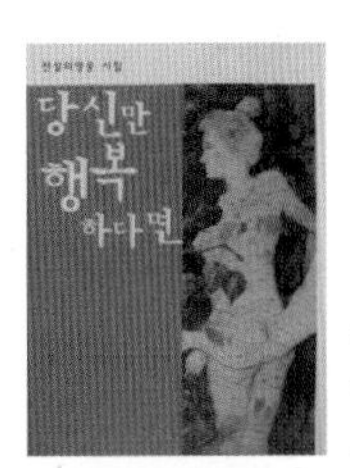

당신만 행복하다면
박봉은 제1시집

시가 영화를 만나다
장헌권 시집

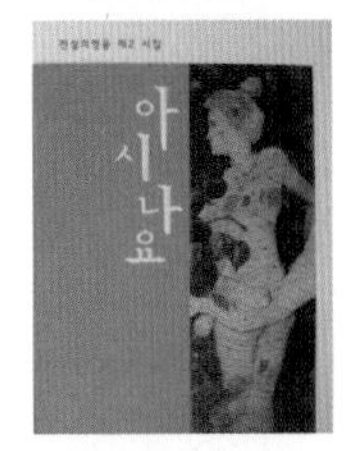

아시나요
박봉은 제2시집

하얀 속울음까지 들켜 버렸잖아
김성순 시집

당신에게.하나
박봉은 제3시집

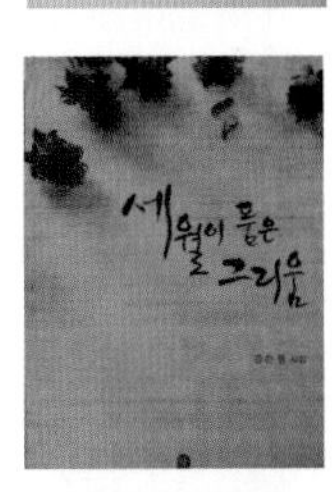

세월이 품은 그리움
김순정 시집

사색은 강물 따라
권자현 시집

입술이 탄다
형광석 시집

내가 머무는 곳
신순복 시집

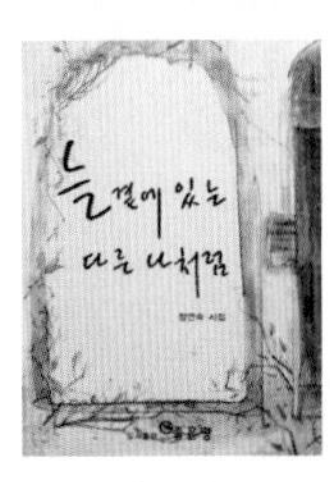

늘 곁에 있는 다른 나처럼
정연숙 시집

당신
박덕은 시집

한실 문예창작 동인지

한실 문예창작 동인지 제1집
『한꿈』

한실 문예창작 동인지 제2집
『한꿈』

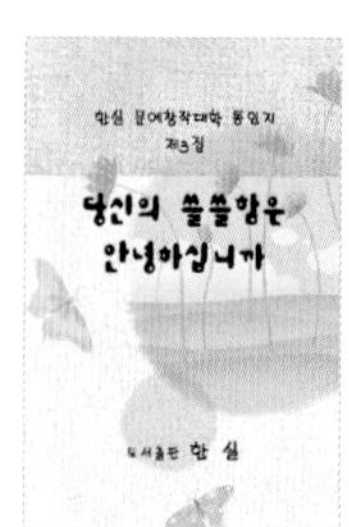

한실 문예창작 동인지 제3집
『당신의 쓸쓸함은 안녕하십니까』

한실 문예창작 동인지 제4집
『목련은 흔들리고 있다』

한실 문예창작 동인지 제5집
『그래도 한쪽 가슴은 행복합니다』

한실 문예창작 동인지 제6집
『좋은 걸 어떡해』

한실 문예창작 동인지 제7집
『아직도 사랑인가 봐』

한실 문예창작 동인지 제8집
『꽃만 봐도 서러운 그날』

한실 문예창작 동인지 제9집
『보고픔이 자라고 자라서』

한실문예창작 동인지 제10집
『처음 사랑』